JN077921

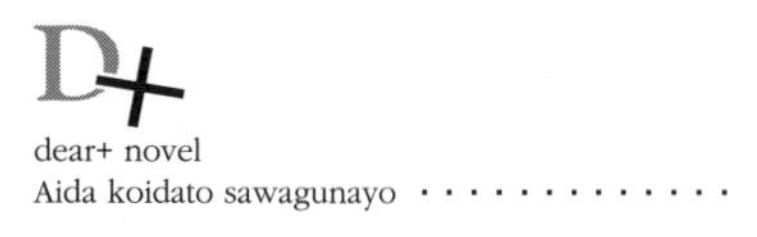

愛だ恋だと騒ぐなよ

久我有加

新書館ディアプラス文庫

愛だ恋だと騒ぐなよ

contents

illustration： 七瀬

愛だ恋だと
騒ぐなよ
aida koidato
sawagunayo

１ＬＤＫ。バス、トイレつき。

大阪で住んでいたマンションに比べてかなり狭い。にもかかわらず家賃は三倍だ。

えげつないな、東京……。

家電や家具を大阪から持ってきて正解だった。貯金はそこそこあるが、無駄遣いはしたくない。

ピンポーンとふいにチャイムが鳴って、堂松祐はドアホンを覗いた。引っ越しを手伝ってくれた後輩二人の顔が画面に映る。

『祐さーん、買ってきましたー』

『開けてくださーい！』

「はいはい、わかった。おまえらやかましいぞ、静かにせえ」

答えてからオートロックを解除する。

夕飯は既に宅配ピザで済ませた。本当はそれなりに腹が膨れたが、ちょっと物足りないからと、近くのコンビニに彼らを買い物に行かせたのだ。もちろん、代金は祐持ちである。

玄関の鍵を開けてやると、冷房がきいた部屋にどやどやと入ってきた後輩二人は、あー涼しい、と声をそろえた。九月に入ったばかりの東京は、夕暮れ時になってもまだ残暑が厳しい。

もっとも、大阪の方が気温も湿度もずっと高かったが。

「祐さんの好きなポテチ買ってきましたよ。あと唐揚げも」

早速パンパンに膨らんだコンビニの袋を開けてみせたのは、四期後輩の小野寺だ。『ビバーナム』という漫才コンビのツッコミである。色が黒くてひょろりと背が高いので、ゴボウを連想させる。

「関西にないフレーバーとかけっこうありました。同じコンビニでも、やっぱり関東と関西では置いてる物が違うんすね」

感心したように言ったのは、二期後輩の穂高である。『バターチョコ』という漫才コンビのツッコミだ。小野寺とは違って中肉中背だが、センスが良い服装をしているせいか垢抜けて見える。

二人とも、大阪にいた頃——といっても、つい昨日まで大阪にいたのだが——、かわいがっていた年の近い後輩だ。

祐は小野寺の持っていた袋から、好きな味のポテトチップスの袋をひとつ取り出した。

「これはもろとく。荷物になるから悪いけど、残りは持って帰ってくれ」

小野寺と穂高は目を丸くする。

「ええっ、そんな、悪いすよ。往復の新幹線代も出してもうてるのに」

「そうですよ。家具やら服やら、いろいろ譲ってもろたし」

「わざわざ東京まで来て面倒な引っ越しを手伝うてくれたんや。菓子ぐらい奢らせろ。とりあえず、そっちの唐揚げは皆で食おか」

二人を促(うなが)してリビングのローテーブルの傍に腰を下ろす。後輩たちは、すんません、ありがとうございます、と恐縮(きょうしゅく)しつつ座った。小野寺がすかさず袋の中からコーラの缶を三つ取り出す。

「ビールにしようか迷(まよ)たんですけど、祐さん、明日朝から仕事やて言うてはったからやめときました」

「おう、悪いな」

酒には強い方だから缶ビール一本くらいでは酔わない。

しかし、明日は東京に進出して初めての仕事なのだ。少しでも体調を整えておきたい。

関西ローカルで持っていたレギュラー番組は七本。そのうち半分はＭＣとして出演していた。漫才やコントが達者な者はそこそこいるが、出演者の性格や特徴を正確に捉え、場の空気を読んで笑いを引き出し、なおかつ番組を円滑(えんかつ)に進行できる者はそれほど多くない。祐が愛嬌(あいきょう)のある目鼻立ちだったことに加え、そうした番組を「まわす」才能があったからこそ、経験の浅い二十代だったにもかかわらず、番組のＭＣを次々に任されたのだろう。関西で活動している中堅の芸人に「まわせる」者が少なかったことも幸いした。

大阪で自他共に認める売れっ子になって約五年。ここ三年くらいの間に何度か東京の番組にゲスト出演し、そこそこ手応えを感じた。東京でもやれる、と思ったのは祐だけではなかったようで、事務所から東京への進出を提案してきた。ちょうど三十歳になったところで区切りがよかったため、東京進出を決断した。退路を断つ意味を込めて、大阪で持っていたレギュラー番組は全て卒業した。

しかし、東京でレギュラー番組が決まっているわけではない。しばらくは様々な番組にゲスト出演をして顔と名前を売る。そうしてレギュラーの獲得をめざすのだ。

「祐さん、テレビつけていいすか?」

唐揚げを頬張りつつうんと頷くと、穂高はリモコンを操作した。画面が映し出したのは、バラエティ系の情報番組だ。

「あ、町さんや。最近いろんな番組によう出てはりますよね」

「この前、車のCMにも出てはったな」

「ドラマでも見ました」

「ああ、主人公の同僚役やったっけ。けっこう重要な役やった」

小野寺と穂高が感心と憧れの視線をテレビに向ける。

祐も画面の中にいる男に目を遣った。スラリと背が高く、引き締まった体つきだ。柔らかく整った面立ちは、いかにも女性が好みそうである。

最近の音楽シーンについて語っている彼の名は、町央太。東京で活躍しているピン芸人だ。いや、芸人とは違うか。

バラエティ番組でMCやパネラー、ひな壇芸人として活躍する一方、俳優として映画やドラマに出演したり、小説を書いたり、バンドを組んでギターを弾いたり、女性向けの美容番組に出たりもしている。芸人というよりマルチタレントだ。確か祐と同期だが、町は最初から東京事務所の所属なので面識はない。

「完全に文化人扱いすねえ」

「まあ小説も書いてはるしな。あのベストセラーになった小説、映画化するらしいで」

祐はコーラで唐揚げを流し込みつつ、二人のやりとりを聞いていた。

マルチタレントが悪いとは思わない。祐もここ数年は劇場の舞台に立っていないから、人のことはとやかく言えない。

けど、文化人気取りはなんか違うやろ。

祐もMCをメインでやってはいるが、芸人という己の立場を忘れたことはない。専門家でもないのにしたり顔で何かを評することや、自分の意見がまるで世の中のスタンダードであるかのように偉そうに語るのは、芸人としてどうかと思う。たとえMCでも、人を笑わせるのが芸人の仕事だ。

もちろん、先輩芸人の中には舞台の脚本を書いたり、俳優としてドラマや映画に出ている人もいる。特に東京へ進出した芸人は、多彩な才能を発揮する者が多い。そんな中でも、バラエティとその他の仕事をきっちり分けている芸人と、そうでない芸人がいる。祐は後者の芸人があまり好きではない。

もしかすると町は、本当は小説家やミュージシャンになりたかったのかもしれなかった。その夢を手っ取り早く叶えるために、踏み台としてお笑い芸人になった可能性もある。実際、芸人としてある程度知名度があれば、音楽も文学もメジャーの土俵に乗せてもらいやすい。祐の同期の中にも、お笑いは踏み台だと公言している者がいるのは事実だ。もっとも、その男は踏み台以前に芸人として全く売れていないのだが。

まあ、なんやかやいうて、このチャラい感じが気に入らんのやけど。

東京でレギュラー番組を獲得するためには、恐らくこの町央太が最大のライバルになる。

「明日の収録、この町もおる番組やぞ」

えっ、と穂高と小野寺は同時に声をあげた。

「マジすか。すげぇ」

「俺やったら町さんみたいないかにもトーキョー、ていうか、オシャレーなタイプの人、気後れします」

首をすくめた小野寺と穂高に、アホか、と祐はツッこんだ。そして整った面立ちに爽やかな笑みを浮かべている男を指さす。

「おまえらかて東京へ出てくることになったら、こいつみたいな奴と渡り合わんとあかんのやぞ。会う前から萎縮してどうすんねん」

後輩二人は恥ずかしそうに、なおかつ自信なさげに笑った。小野寺は定期的にライブに出られるようになったばかりだし、穂高は大阪でラジオ番組とロケ番組のレギュラーを持つことができたばかりなのだ。東京進出はまだ実感がないのかもしれない。

「祐さんはコミュ力高いし、物怖じせんから大丈夫や思いますけど……」

「俺らはとりあえず、大阪でがんばります」

謙虚なのか気弱なのか、微妙なラインにいる二人の肩を、祐は同時に強く叩いた。

「目の前の仕事を着実にこなすんはもちろん大事やけど、小そうまとまるなよ。俺も東京へ出てきたからて萎縮せんようにするから」

「がんばってください！」

「大阪から応援してます！」

目を輝かせる二人に、うんと頷いてみせる。

俺は大阪のやり方で、東京に馴染んでみせる。それこそが生き残る道や。

十年ほど前に一度は去ったお笑いブームが復活しつつある今、芸人は飽和状態にある。よほど目立つ特徴や特技がなければ、たとえ東京へ進出したとしても、あっという間に飽きられてしまう。事実、最初の数ヵ月は仕事がもらえても、次第にどこにも呼ばれなくなり、大阪へ戻ってくる芸人も多い。

しかし戻ったところで、腰を落ち着ける席があるとは限らない。大阪にも芸人はあふれている。空いた席には、すぐに別の誰かが座るのが常だ。

祐は画面に映る町をにらんだ。

やっとここまできたんや。おまえみたいなチャラい奴には絶対に負けん。


祐は大学を卒業した後で養成所の門を叩いた。三年になって就職活動が始まり、社会人生活が目の前に迫っているのを実感したとき、全身が焦(こ)げつくような焦燥を覚えたのが、芸人になるきっかけだった。

お笑いが好きだったのは事実だが、それ以上にテレビに出たい気持ちが強かった。目立ちたい、有名になりたい、というある意味シンプルな子供のような夢が、己の中に存在していることに気付いたのだ。

両親は反対しなかった。祐がこうと決めたら引かない性格だと知っていたからだろう。自分の人生や、好きにしなさいと言ってくれた。六つ年下の弟は、兄ちゃんかっけえ！　と手放しで応援してくれた。

養成所で知り合った同い年の男とコンビを組んだ。ネタは祐が書いた。同期の中ではそこそこ目立つ存在になれて、幸いプロにもなれた。しかし一年も経(た)たないうちに解散してしまった。ろくに台本を覚えてこない相方に、祐が愛想(あいそ)を尽かしたのだ。相方だった男もテレビに出たくて芸人になっていた。だからこそ意気投合してコンビを組んだのだが、彼はテレビに出るための努力を一切しなかった。ただ目立ちたいだけ、ちやほやされたいだけ。そんな見栄っ張りの怠け者とコンビを組んでいても仕方がない。元相方も口うるさい祐が嫌だったらしく、解散は簡単に決まった。

解散した直後から、祐はピン芸人として積極的に劇場のオーディションを受けた。ぽつぽつとライブに出られるようになると同時に、同期や年の近い先輩芸人と飲んだり遊んだりするだけでなく、説教されたり自慢話をされたりするのが嫌で若手が避けがちな、師匠クラスのベテラン芸人主催の飲み会にも進んで参加した。小野寺が祐をコミュ力が高いと言ったのは、そのせいだ。もちろん、あいつは媚びてる、ただの太鼓持ちや、などと陰口を叩く者もいたが、自分で自分の世界を狭めているような器の小さい人間に何を言われても痛くも痒くもなかった。

ベテランの先輩たちの説教の中には、芸人として生きていくために必要なアドバイスが何気なく含まれている。自慢話の中にも、役に立つ情報が隠れているときがある。年齢が離れている先輩たちと話すことで、同年齢の芸人だけで固まっているときにはわからなかった気付きがあった。ましてや場所は芸能界だ。どこで誰が、どんな風にテレビとつながっているかわからない。

もっとも、お笑いの勉強や人脈云々以前に、年齢や性別にこだわらず様々な人と話すのが楽しかった。ベテランの師匠たちも物怖じしない祐をおもしろがって、かわいがってくれた。実際、初めてロケの仕事がもらえたのは、ベテラン芸人がプロデューサーに推薦してくれたおかげだ。そのロケが視聴者だけでなくスタッフにも好評で、それからはおもしろいようにテレビやラジオの仕事が増えた。

祐はピン芸人として活動していたが、ピン芸を極めたいわけではなかった。だから賞レースに向けて稽古する必要はなかったし、劇場のオーディションを受け続けなくてもよかった。全ての時間を、いかにテレビ番組をおもしろくするか、工夫したり考えたりする時間にあてられたのも良い方向に働いたのだろう。

しかし一方で、「賞レースの優勝者」という誰にでもわかる武器は得られない。

解散してから約六年で東京へ進出できたのは、「まわし」の才能が備わっていたおかげもあるが、何より運がよかったのだと思う。

運はそう何度も巡ってこない。だからこそ、このチャンスをものにしなくてはならないのだ。

翌日、祐はマネージャーと共にテレビ局へ向かった。要塞を思わせる巨大なビルを訪れるのは初めてではない。番組の収録で何度か来たので、ある程度は慣れている。

「緊張しなくても大丈夫だからね。リラックスリラックス！」

声をかけてきたのは、ややぽっちゃり気味の男だ。東京のマネージャー、岸部である。年は三十三歳。彼の下膨れの顔に浮かぶ表情の方が、祐よりよほど硬い。今まで東京事務所出身の芸人ばかり担当してきて、地方から東京へ進出してきた芸人を担当するのは初めてだという。

「ありがとうございます。あの、楽屋こっちでいいですか」

「え、あっ、うん、そう、こっち！」

ぎくしゃくと角を曲がる岸部について行く。

悪い人ではないみたいやけど、頼りになるかどうかはわからんな……。

コンビを組んでいた頃から知ってくれていた大阪のマネージャーとは違う。一緒に上京してきた相方がいないので、どこへ行ってもアウェーだ。

東京へ進出した大阪事務所出身の先輩は、もちろん大勢いる。彼らに東京進出を伝えると、待ってるぞ、がんばれよ、とほとんどの先輩が励ましの返信をくれた。しかし当たり前だが、彼らがレギュラー番組を用意してくれるわけではない。結局は己の実力で勝ち取らなくてはならないのだ。

「荷物置いたらすぐ挨拶に行きたいんですけど、大丈夫ですか」

「うん。じゃあまずアジタートさんのところへ行こう。次にゼブラさんのとこへ行って、その後で町君のとこへ行こうか」

「はい、お願いします」

これから収録するのは、東京出身の中堅コンビ『アジタート』がＭＣを務める深夜のバラエティ番組だ。ひとつのテーマについてあれこれ話すだけだが、その緩さがうけているらしく、視聴率はそこそことれている。

別の事務所に所属している若手コンビの『ゼブラ』と町がレギュラーで、他はゲストが入れ代わり立ち代わり出演している。今日は祐がそのゲストとして参加するのだ。

ボケからツッコミまできっちり書かれた台本が用意されていることが多い東京にしては珍しく、おおまかな進行だけが決まっている。ＭＣの腕と芸人の機転が問われる番組と言えるだろう。東京での初仕事として、これ以上ない舞台だ。

『アジタート』は去年、今回の番組とは別のレギュラー番組に祐を呼んでくれた。それが縁で今回のゲスト出演が決まったのだ。また一緒に仕事ができるのを楽しみにしてくれていると岸部に聞いた。

けど、ゼブラには歓迎されんやろな……。

彼らとは面識がないが、安定したベテランの域に入ってきた『アジタート』とは違い、三十代半ばの『ゼブラ』は最近露出が減っている。熾烈な椅子取りゲームは既に始まっているのだ。

「あ、岸部さん。おはようございます」

背後から明るい声が聞こえてきて、祐は振り返った。

歩み寄ってきたのはスラリとした長身の男――町だった。Ｔシャツにジーンズという変哲もない服装だが洗練されて見える。

「おはよう。佐藤さんは一緒じゃないの？」

「プロデューサーさんと話してます」

にこやかに答えた町がこちらを向いた。

ちょうどよかった、と岸部が声をあげる。

「彼、堂松祐君。会うのは初めてだよね。今日の収録、ゲストで入るからよろしく」

「はじめまして、堂松祐です。よろしくお願いします」

祐はペコリと頭を下げた。祐も三十路の大人だ。気に食わない相手だからといって無視するような、子供じみた真似はしない。

すると町はまじまじとこちらを見つめた。彼は百七十センチの祐より十センチほど背が高いようで、完全に上から見下ろされる。

「あの、なんですか？」

なにじろじろ見とんねん。俺が挨拶したんやから挨拶せえや。

と言いたいのを堪えて尋ねると、町は我に返ったように瞬きをした。そしてニッコリと笑う。

「あ、ごめん。画面で見るよりずっとかわいいからびっくりして」

想像もしていなかったことを言われて、咄嗟に反応できなかった。それは岸部も同じだったらしく、きょとんとしている。

一方の町は、笑みを浮かべたまま自己紹介した。

「はじめまして、町央太です。今日はよろしく。同期だし同い年だし敬語なしでいいよな。じゃ、また収録で」

ひらりと手を振った町は、足取りも軽く歩み去った。すれ違ったスタッフにおはようございますと明るく挨拶をする男の広い背中を、岸部と共に見送る。

かわいい、やと？

かわいいて何が？　俺が？　――俺がか？

刹那、腹の底から怒りが湧きあがってきて、祐は顔をしかめた。一重ながら大きな目のせいで若く見られがちだが、子供の頃はともかく大人になってからは、一度もかわいいなどと言われたことはない。

ばかにされた。完全に舐められた。

祐の怒りに気付いたらしく、岸部が慌てたように声をかけてくる。

「さっきのは町君なりに堂松君と打ち解けようとしたんだと思うよ」

「けど普通、初対面の同い年の男にカワイイとは言わんでしょう……」

「や、でも町君は小説書いたりバンド組んだりしてるし、感性が違うんじゃないかな」

ハハハ、と岸部は笑ったが、祐は眉を寄せたままでいた。感性の問題で済ませられるものではない。もしかすると町なりの宣戦布告だったのではないか。

岸部と共に改めて楽屋へ歩きだしながら、祐は拳を握りしめた。

それならそれで受けて立ったろうやないけ。


収録が行われる前に待機する部屋に入ると、既に『ゼブラ』と町がそこにいた。『アジタート』はまだ来ていない。

失礼します、よろしくお願いしますと彼らに挨拶をした祐は隅へ移動した。レギュラーには定位置があるはずなので、新入りは邪魔にならないようにする。芸能界に限らず古今東西の常識だ。

町は祐と目が合うと、ニッコリ笑って歩み寄ってきた。私服のときより硬いシャツにパンツという格好だが、垢抜けて見えるのは変わらない。

俺にとったら、ただの胡散臭い奴やけど。

「そのトップス、よく似合ってるな」

「はあ、どうも」

警戒心を表に出さないように笑みを浮かべ、祐は短く応じた。それで黙るかと思いきや、町は尚も話しかけてくる。

「大阪のスタイリストさんは連れてこなかったの？」

「いや、大阪では自分で用意してたから」

「じゃあ今まで私服だったんだ。明るい色も似合ってたけど、こういうシックな色も似合うな。好きなブランドとかある？」

何やこれ、めっちゃしゃべりかけてくるやん……。

もしかしてプレッシャーをかけられているのだろうか。こちらを冷ややかに見つめる『ゼブラ』とはまた違った威圧感だ。

祐は警戒心を強めつつ首を横に振った。

「や、ブランドとかよう知らんし。前はテレビに出るから気ぃ付けて選んでただけで、服にはそんな興味ないから」

「え、そうなんだ。もったいない！　堂松君なら奇抜なデザインとか色でも着こなせそうなのに」

うわ、今度は褒め殺してきよった。

しかもMCやお笑いに関することではなく服装をいじってくるなんて、最初からおまえなど相手にしていないとバカにされているようだ。

ニコニコと笑みを浮かべている町に、祐はニッコリと笑い返してやった。

「俺より町君の方が背も高いしカッコエエから、何でも似合うと思うけど」

「ほんとに？　ありがとう。でも僕、ストリート系の格好はあんまり似合わないいんだよね。あ、そうだ。前から堂松君に聞きたかったんだけど」

町が話題を変えようとしたのがわかって身構えたそのとき、『アジタート』が部屋に入ってきた。おはようございます、よろしくお願いします、と頭を下げる。今日もよろしく、と二人は気さくに応じてくれた。間を置かずにＡＤが入ってきてピンマイクをつけてまわったので、町との会話はそれきり途絶えた。

スタジオへ移動した祐は、セットの豪華さに改めて感心した。テレビの影響力の低下と共に、予算もかなり減っていると聞くが、それでも全国放送の番組である。制作費そのものがローカル番組とは桁違い（けたちがい）なのは間違いない。やたらと人が多いのも東京独特だ。

スタジオの隅で岸部がスタッフと話している姿が見えた。大阪では一人のマネージャーが複数の芸人を担当していたから、現場には単独で入ることが多かった。こうしてずっとマネージャーと共に行動するのは、正直窮屈（きゅうくつ）な感じがする。

スタッフたちに頭を下げて席についた祐は、掌（てのひら）を閉じたり開いたりしてみた。思い通りに動く。緊張しているのは確かだが、硬くなってはいない。

よし、大丈夫や。やれる。

大きく息を吐いていると、隣に腰かけた町が覗きこんできた。

「堂松君、よろしく」

整った面立ちに爽やかな笑みを浮かべた彼に、ムッとする。町はレギュラーメンバーだから落ち着いていて当然だ。が、余裕の態度に、なんだか腹が立った。

「こっちこそ、よろしくお願いします」

敢えて頭を深く下げたのは、苛立ちが顔に出そうだったからだ。

——負けてたまるか。

「堂松、硬くならなくていいからな」

「いつも通りでいけよ」

中央に腰かけた『アジタート』の坪内と荒木が声をかけてくれる。

祐は思わず勢いよく顔を上げた。

「はい、ありがとうございます。よろしくお願いします」

すると『ゼブラ』の二人が口を挟んでくる。

「堂松は大阪でMCやってたんだから大丈夫ですよ」

「そうそう、ガンガンしゃべっていいからな。あ、俺がこんなこと言わなくてもいいか。しゃべり達者だもんな」

山尻と白鳥に交互に話しかけられ、いえいえ、と笑顔で手を横に振る。プレッシャーをかけられたのがわかったが、今度は特に腹も立たなかった。大阪でテレビに出始めたばかりの頃、もっと露骨に悪口を言われたり無視されたりしたこともある。

「俺なんかまだまだです。お手柔らかにお願いします」

祐は町に対していたときとは違って、穏やかに頭を下げた。

どんな嫌がらせしたって、最終的には結果を残した方の勝ちや。

「本番いきまーす」

ディレクターの言葉に、スタジオ全体の空気が張り詰める。きついライトが顔に当たった。たちまち湧いてきた緊張感と高揚が全身を熱くする。

本番直前のこの瞬間が、たまらなく好きだ。

やがて収録が始まった。最初に『アジタート』がゲストとして紹介してくれる。大阪から来たこと等、軽いやりとりをした。短い時間でもさらりと笑いがとれたのは、『アジタート』の返しのおかげだ。言葉選びはもちろん、テンポを作るのもうまい。さすが東京でレギュラー番組を持っているだけのことはある。

今日のトークテーマは「天ぷら」だった。また狭いテーマだな、俺、天ぷらよりフライが好きなんだけど、身も蓋もねえ、などというやりとりから始まり、まずは、各々好きな天ぷらの話を始めた。

祐は相づちは打ったものの、割り込んで話すことはしなかった。流れを止めてはいけない。

「堂松は好きな天ぷらある?」

『アジタート』の坪内がふってくれたので、祐はようやく口を開いた。

「紅しょうがの天ぷらなんてあるのか？」

目を丸くした『アジタート』の荒木に、はいと頷く。間を置かず続けようとしたのを遮って、『ゼブラ』の白鳥が口を挟んできた。

「坪内さん、紅しょうがの天ぷら食べたことないんですか？」

「ないなあ。今初めて知った」

「僕この前居酒屋で食べましたよ。最近は東京でも出す店が増えてるみたいです。そんな特別な天ぷらってわけでもなくなってきてるんじゃないかな」

このままだと話の主導権をとられてしまう。白鳥が言い終えると同時に、祐は口を開いた。

「関西では、ていうか大阪では飲み屋じゃなくて、そこら辺の惣菜屋とかスーパーで売ってるんです。子供の頃は好きやなかったけど、なんでかオカンがよう買うてくるんで、土日の昼とかに食べてました」

「ああ、そういえば前にパイロットランプさんに大阪を案内してもらったとき、お惣菜屋さんで買い食いしてたなあ。てことは大阪ではポピュラーな食べ物なんだ？」

仲が良くて有名な先輩コンビの名前を出した荒木に白鳥が何か言おうとしたが、その前にすかさず答える。

「ポピュラーやと思いますよ。エビ天とかに比べたらかなり安いですし」

「もしかして堂松君ちって貧乏だった？」

サラリと尋ねてきたのは町だ。妙に素朴な物言いに、笑いが起きる。

祐は反射的に、なんでやねんとツッこんだ。

「貧乏ちゃうわ。普通のサラリーマン家庭や」

「でも紅しょうがの天ぷらって安いんだろ」

「安いのが好きやからって貧乏ってわけやないやろ。そんなん言うたら関西人のほとんどが貧乏や」

「堂松君」

町が真面目に呼んだ。

なんや、と応じる。

「ナニワがすぎる」

困ったなあ、という風に言った町に、また笑いが起こった。

なんでおまえにいじられなあかんねん。

湧き上がってきた苛立ちのまま、ああ？　と思わずにらむと、町は真顔で指さしてくる。

「それ。ナニワ感が強すぎ」

「おまえはトーキョー感が強すぎや」

「僕は東京出身だから」

「俺も大阪出身やからな」

「他にも大阪出身の人はいっぱいいるけど、堂松君ほどナニワ感はないよな」

「せやからナニワ感て何やねん」

意図せず二人だけの応酬になって、笑いが更に大きくなった。

「まあ確かに堂松はナニワ感強いな。いいことだと思うぞ、今の若手はナニワ感が弱い奴ばっかりだから」

坪内が笑いながら言う。

それから後のトークは、何かというとナニワ感ナニワ感といじられた。正直、いじられた経験が少ないので戸惑ったし、苛立った。しかし収録が思った以上に盛り上がったので、それを表には出さなかった。

いじられて正解だったと気付いたのは、『ゼブラ』の二人がおもしろくなさそうな顔をしていたからだ。恐らく町は祐が『ゼブラ』と衝突しそうな気配を感じたのだろう。収録を円滑に進めるために助けてくれた。

感謝せなあかんのはわかる。わかるけど、いじられるんはどうしても気に食わん。

居酒屋の中へ足を踏み入れると、いらっしゃいませ、と店員に声をかけられた。店内にいた何人かの客の視線がこちらを向く。

「あれ、ナニワ感の人じゃない？」

「あの芸人、名前何だっけ」

「知らね。ナニワじゃねえの？」

「ナニワが苗字でナニワの芸人って、まんますぎるだろ」

ハハハ、と賑やかに笑う声が聞こえてくる。ほとんどが酔っ払いなので遠慮がない。

イラッとしたそのとき、奥のお席へどうぞと店員が声をかけてきた。その男性店員までもが、お、という顔をする。恐らく彼も、ナニワ感の芸人だ、と思ったのだろう。ここ最近、ロケに出てもプライベートで外出しても、一般人に「ナニワ感の芸人」と言われる。

仮にも芸能人だ。不機嫌を顔に出すのは良くない。かろうじて笑みを浮かべていると、堂松、と奥の方から呼ばれた。

待ち合わせをしている先輩芸人が手を振っている。祐は慌てて彼に駆け寄った。

「タカさん、遅れてすんません」

「俺もさっき来たとこや、気にすんな」

気さくに応じてくれたのは『表面張力』というコンビのツッコミ、鷹司だ。すっきりとした男前で、なんとなく歌舞伎役者を彷彿とさせる。

鷹司は通りがかりの女性店員に、すんませんと声をかけた。

「個室を利用したいんですけど、空いてますか？」

「あ、はい。空いてます。ご案内しますね」

すぐに応じてくれた店員の後に続いて、鷹司と共に更に奥へと移動する。背後ではまだ、ナニワ感の芸人、ナニワの人、と話す声がしていた。

祐はムカムカしつつも、前を歩く鷹司の背中を見つめた。

タカさん、俺がイラついてるんをわかって個室とってくれはったんやろな……。

十期以上先輩で六つ年上の鷹司は、三年前にプロもアマも参加できる賞レース「全国漫才コンテスト」、通称全漫で優勝した経験を持つ。彼らは東京へ移ってしまわず、大阪に拠点を置いたまま東京でも活動している。自分たちはあくまでも漫才師だと考えているらしく、劇場の仕事を疎かにすることなくきっちりとこなしている。

昨夜、東京に来ているから飲みに行かないかと誘われた。大阪にいた頃、ときどき遊んでもらっていた鷹司の誘いに、祐は二つ返事で応じた。

「生中でええか？」

個室に入った後、鷹司が尋ねてくる。はいと頷くと、彼はビールとつまみを注文してくれた。

店員が去ると同時に、心配そうに眉を寄せる。

「しんどそうやな。大丈夫か？」

ナニワ感の芸人と一般人にまでいじられていることを心配されているのだとわかって、祐は苦笑いした。

「まあ、はい。なんとかやってます」

東京へ引っ越してきて約一ヵ月。岸部が入れてくれたスケジュールを順調にこなしている。生放送を含め、少しずつ収録済みの番組がテレビで流れ始めた。どの番組もなかなか好評らしく、岸部の元に仕事の依頼が頻繁（ひんぱん）に入っている。岸部ははりきってスケジュールの調整をしているようだ。大阪にいる先輩や同期、後輩、スタッフからも、おもしろかったと連絡が入った。客観的に見れば順風満帆（じゅんぷうまんぱん）である。

「町との絡み、うけてるみたいやな」

「はあ、まあ……」

鷹司の言葉に、祐は再び言葉を濁（にご）した。町と一緒に出演した番組は、全体の半分にも満たない。が、町が祐と絡（から）むときに口にする「ナニワ感」という言葉は印象に残ったようだ。先ほどの酔客（すいきゃく）のように、祐の名前は知らなくても、「ナニワ感の人」と認識している視聴者が大勢出てきている。

祐の表情の変化を見逃さなかったらしく、鷹司は苦笑した。

「町のおかげで知名度が上がってるんは確かやろ」

「それはわかりますけど、いじられるんは慣れてへんからイラッとして……」

祐が話していると、町は必ず絡んでくる。いじられるのが嫌でいじり返すものの、勢いのある大阪弁のせいか、あるいは町のスマートな雰囲気のせいか、どうしてもこちらがいじられる感じになってしまう。不本意極まりないが、笑いがとれるので仕方なく甘んじているのが現状だ。

「一般人のいじりは大阪のがえげつないやろ。大阪に比べたら、東京の人のいじりなんかかわいいもんや。ピリピリすることないいて」

はあ、と祐は頷いた。確かに大阪の一般人の方が遠慮なしに絡んでくる。それでもあまり気にならなかったのは、大阪が生まれ故郷だったからだろう。

今は東京というアウェーにいる。言葉も違う。だから余計癇に障るのだ。

はっきりしない祐の返事に、鷹司は苦笑した。

「東京に出てきて、最初から大阪と同じスタンスでやれる芸人は少ない。特にピンやと一人で対処せんとあかんから大変や。おまえはようやってる」

鷹司に認めてもらえて、少し気持ちが落ち着いた。ありがとうございますと礼を言う。

「俺も何回か町と仕事したことあるけど、悪い奴やないやろ。町が番組でおまえをいじってんのは悪意があってやってるわけやないし」

気を取り直したように鷹司が言ったそのとき、店員がビールとつまみを運んできた。個室へ案内してくれた店員とは別の女性だ。祐を確認するようにちらと目を向けてくる。笑いを堪えきれなかったらしく、口の端がわずかにつり上がった。

今絶対、ナニワ感の芸人だ、て思たな……。

苦々しい気持ちのまま、祐は鷹司に勧められてビールに口をつけた。自らもビールをあおりつつ、鷹司は興味深そうに尋ねてくる。

「町にプライベートでも何か言われたんか？　それかシカトされてんのか」

「シカトはされてません。逆にめっちゃ話しかけられるんですけど、舐められてるいうか遊ばれてるいうか」

「どういうことを言うてきよるんや」

「お笑いの話は全然しよらへんのですよ。どこに住んでんのとか、堂松君にはこういう服が似合うから、こういうのを着た方がええとか、肌めっちゃきれいやけど、どこのメーカーの化粧品を使てんのとか」

町は忙しい男だ。日によっては分刻みで動いている。一方の祐も、今のところみっちりスケジュールがつまっている。落ち着いて話す時間などないが、カメラのないところでも隙あらば寄ってくる。初めて一緒に収録をこなした後も、今度飲みに行こうと誘われた。

「化粧品て、俺化粧なんかしてへんちゅうねん。厭味にしてももっと他の言い方ある思うんですけど、何なんですかね」

真面目に尋ねると、鷹司はなぜか噴き出した。そのまま笑い続ける先輩にムッとする。

「なんで笑うんすか」

「や、堂松も案外かわいいとこあるなあ思て」

「タカさん」

思わずにらむと、すまんすまんと鷹司は素直に謝った。

「町が言う化粧品て、おまえが女の人みたいな化粧をしてるていう意味やのうて、化粧水とか保湿クリームとかのことやないか?」

笑いながら言った鷹司に、はあと頷く。

「どっちみち、そんなん何もしてませんけど」

「え、マジで? 全然手入れしてへんのか?」

「夏のロケはさすがに日焼け止め塗りますけど、他は何もしてません」

笑いを止めた鷹司は、まじまじと祐の顔を見つめた。この先輩の薄味だが整った面立ちは、東京でも人気がある。

「そんでその肌か。そら町も気になるわ」

感心したようにつぶやいた鷹司は、ふと笑みを浮かべた。

「町はおまえを舐めてるわけでも、遊んでるわけでもないと思うぞ。たぶんおまえと仲良うなりたいんや」

「は? なんでですか」

町が俺と仲良うして何の得があるねん。

そんな疑問が顔に出てしまったようだ。鷹司は悪戯っぽい笑みを浮かべた。

「仲良うなりたい思うのに理由はいらんやろ。いっぺん町と飲みに行ったらどうや」

はあ、と祐は曖昧に頷いた。生まれも性格も興味の対象も違いすぎて、一緒に飲んでもしらけてしまいそうだ。そもそも町が本当に祐と仲良くなりたいと思っているか怪しい。

浮かない顔をしている祐の肩を、鷹司は強く叩いた。

「俺の説教はこれで終わり。今日は飲め。そんで愚痴も言え。いくらでも聞いたるから」

「ありがとうございます」

祐は深く頭を下げた。説教されたなんてこれっぽっちも思わなかった。鷹司は祐を心配して飲みに誘ってくれたのだ。番組を見て様子がおかしいと思ったのか。それとも、祐と共演した芸人に何か聞いたのか。何にしてもありがたい。

町が広めた「ナニワ感の芸人」から、一刻も早く脱却できるようにがんばらなくては。


次に町と顔を合わせたのは、鷹司と飲んでから五日後のことだった。なんと二人で収録することになったのだ。

美容、ファッション、ポップカルチャー等、若い男女を意識した番組を、普段は町だけでまわしている。雑誌編集者やモデル、ライター等が時折ゲストで来るらしく、深夜放送であるにもかかわらずそこそこ視聴率がとれているという。

今回は本来、町一人で収録する予定だったが、岸部が町のマネージャーである佐藤と番組のスタッフに、堂松も出演させてくれと頼み込んだらしい。それを町が快く受け入れてくれて決まったそうだ。

どんな番組でも出ますとは言うたけど、なんでまた町と一緒の仕事を入れるねん！　しかも秋の新作メンズコスメて何やねん！

と岸部に文句を言いたかったが、もちろん口には出さなかった。岸部が祐のことを考えて仕事を入れてくれたのがわかっていたからだ。事前に渡された資料はきちんと読み込んだし、進行表と台本も頭に入れた。自分はプロなのだ。どんな仕事も疎かにはしない。

収録は郊外にあるハウススタジオで行われる。おはようございますと挨拶してバスに乗り込んだ祐に、先に乗っていたスタッフたちがおはようございますと応じてくれた。よろしくお願いしますと頭を下げていると、堂松君、と呼ばれる。

「おはよう」

前の方に座っていた町がニッコリ笑って手を振った。今日は朝からよく晴れているが、暑くもなく寒くもなく、すごしやすい気候だ。爽やかな秋の日に相応しい笑顔である。

けど、テレビに出てるときより若干アホっぽい感じがするんは気のせいやろか……。

もっとも、したり顔で偉そうなことを言っているよりずっといいが。

「……おはよう」

「ここ、ここ座って」

自分の隣の席を叩く町に、いやいや、と笑顔で首を横に振る。

「並んで座ったら狭いやろ。こっち座るわ」

「狭くないって。大丈夫だから一緒に座ろう」

いやいや、と笑顔のまま断って、祐は通路を挟んだ隣の席に腰を下ろした。あまり離れて座るのはまずい気がする。祐の意志はともかく、町の番組の、町が一人で行うはずだった収録に無理矢理入れてもらったのだ。素っ気ない態度はとれない。

まあ二人で収録いうても、スタッフもいっぱいおるからええけどな。

大阪のローカル番組では、ハンディカメラを持ったスタッフと二人だけでロケに出ることもあった。東京では最低でも五人はついてきてくれる。今日は十人ほど来ているようだ。岸部と佐藤も入れるとかなり大所帯である。

「堂松君、今日はよろしく」

町はめげた様子もなく、改めて話しかけてきた。シャツにパンツという堅めの服装なのは、私服ではなく衣装だからだろう。いずれにしても、洗練された雰囲気は変わらない。

「こっちこそよろしく。無理に入れてもろて悪かったな」

「全然無理じゃないよ。その服、似合ってる」

「これ、ようわからんけど変わってるよな」

祐に用意されていたのは濃いピンク色のシャツにキャメル色のパンツという、町に比べてカジュアルな服だった。上下とも微妙にシルエットが崩れているのが特徴だ。お洒落とダサいの境界線にあるような出で立ちに、東京のスタイリストさんのセンス……、と半ばあきれ、半ば感心した。

「それ、僕が選んだ服」

「え、マジで?」

うんと頷いた町は、なぜか照れたように頭をかいた。

「堂松君は奇抜なデザインとか色でも着こなせると思ってたけど、初めてだから抑えたんだ。でも、もっと冒険してもよかったかも」

「いやいやいや、これでも充分冒険やから」

俺に変な服着せて、またいじる気か?

内心でムッとしていると、町は嬉しそうにこちらをじっと見つめた。

「今日こそ、どこのメーカーの基礎化粧品を使ってるか教えてもらうから」

「や、せやから俺、何も使てへんて」

「嘘だ。何もしてないのに三十でその肌はないだろ。全然荒れてないし、肌理細かいし。ちょっと触っていい?」

「は?　いやいや、なんでやねん」

頬に伸びてきた町の指先から、慌てて体を引いて逃れる。

町は整った眉を寄せた。

「減るもんじゃないだろ」

「そういう問題やない。せやからやめろて」

通路を挟んで攻防をくり広げていると、町のマネージャー、佐藤がバスに乗り込んできた。年は四十前。中肉中背でこれといった特徴のない男だが、やり手として有名らしい。その佐藤があきれたような、それでいておもしろがるような視線を向けてくる。

「何やってんだ。通れないからじゃれるのやめてくれる?」

じゃれてません、と即座に否定した祐とは反対に、すみません、と町は素直に謝って体を引っ込めた。その間に佐藤が通路を通る。

佐藤さんの前やからってええカッコしやがって、と心の内だけで毒づいた次の瞬間、頬に町の指先が突き刺さった。

「やっぱりぷるぷるだ」

町が嬉しそうに言う。

何がぷるぷるじゃゴラァ！

とはもちろん怒鳴らなかった。かろうじて口許に笑みを浮かべる。

タカさん、これがほんまに仲良うなりたい奴の態度でしょうか。俺にはただからこうてるだけに見えます。

ほどなくしてロケバスが到着したのは、緑に囲まれたログハウス風のスタジオだった。この一室で様々な会社の化粧品を紹介したり試したりするという。各社の広報や営業も来ているらしく、室内はけっこうな込み具合だった。

こういう番組は芸人やのうて、影響力のあるモデルとか女性に人気の俳優とかアイドルとか、そういう人がやった方がええんとちゃうやろか。

否、町だからいいのか。彼は芸人だが、視聴者にとってはアイドルであり、俳優でもあるのだろう。

とりあえず俺はアイドルやないし、俳優でもない。

それでも仕事は仕事だ。

「わ、ほんとだ。全然ベタつきませんね。それにくすみがなくなる」

自分の手を撫でた町は、カメラに向かって両手を差し出した。カメラがすかさず傍に寄る。

化粧水をつけた手は、つけていない手よりも確かに艶やかだった。

「しかも凄く潤ってるー」

町は手の甲を自らの頬に擦りつける。

祐は噴き出しそうになるのを堪えた。

いやいや、それ女の子がやったらカワイイけど、男がやっても全然カワイイないから。

しかし町の隣にいた化粧品メーカーの男性は、嬉しげにニッコリ笑った。

「髭剃り後のお手入れとしてもお勧めですが、乾燥肌の方には普段のお手入れにもお使いいただけます」

「そうなんだ。じゃあ僕向きってことですね。ほら、堂松君、凄い潤ってるから触ってみて」

「いや、さっき触ったからもうええ」

「あ、自分が完璧な肌だったからってさぼってる。堂松君だってあと十年ぐらいしたら、カッサカサになるんだからな。たぶん」

町が口を尖らせる。番組が始まる前に、最新の機器を使って肌のチェックをしたのだ。町は乾燥肌だったが、祐は肌理が整った完璧な肌だった。その結果を見た町は、祐が引くほど落ち込んだ。

「ちょっと時間経ったけど、ほんとつるつるなんだよ。ほら、いいから触って」

町は祐の手をつかみ、強引に自分の方へ持っていく。この辺りはアドリブだ。

仕方なく触ると、確かにつるつるつるだった。

「うん、つるつるや」

「リアクション薄っ。こういうときにナニワ感を出してくれないと、僕が大袈裟にリアクションしてるみたいに見えるだろ」

スタッフだけでなく各社から来ている人たちからも笑いが起こった。祐が「ナニワ感」といじられる一連のやりとりは、ここにいる人たちにも浸透しているらしい。

くそ、腹立つな。

いじられるのも苛立つが、それだけ町に影響力があるのもおもしろくない。

「俺が大袈裟にリアクションしたら余計に嘘っぽいやろ」

「そんなことないって。大袈裟なのがいいんじゃないか。はい、もう一回やり直し」

「やらん」

「なんで。ほら、つるつるやでー、て」

「やらんっちゅうねん」

イントネーションがおかしい関西弁に本気でムッとしたこともあり、祐は反射的に町の手を振り払ってしまった。場の空気が硬くなったのがわかって、ひやりとする。

——しもた。

関西ではこれくらいの乱暴さは乱暴のうちに入らない。が、ここは東京である。しかもスタジオにいる人たちの多くが一般人で、なおかつお笑いとは縁がなさそうなタイプだ。粗暴な奴だと思われたかもしれない。

他の芸人がいればここまで冷たい空気にはならないはずだが、祐以外の芸人は町だけである。自分で何とかするしかない。

どうフォローしようか迷った数秒の間、しんと沈黙が落ちた。どっと冷や汗が全身に噴き出す。まずい、と思うのに頭の中は真っ白で、言葉がひとつも出てこなかった。こんな状況は芸人になって初めてだ。

「堂松君はわがままだなあ」

重い静寂を破ったのは町だった。

「ナニワでわがままでツンとかキャラ盛りすぎだろ。堂松君はナニワだけでいいから」

場を和ませる軽い口調に、祐はすかさず乗った。

「キャラなんか盛ってへんわ。あーもうわかった。つるつるやでー、て言うたらええんやろ。つるつるやでー」

町の手をつかんで甲を乱暴に擦りつつ言う。思いの外手触りが良かったので、あ、と素で声をあげてしまう。

「ほんまにまだつるつるや」

「ほんとだ。まだ潤ってる！　すげぇ」

祐は町の語尾にかぶせて言った。

「開発に五年かけはっただけのことはあるな」

「ちゃんと話聞いてたんだ。なんだ、興味あるんじゃん。素直じゃないなあ」

「やかましい。おまえが年食うたらカサカサのゴワゴワになるて散々脅すからやろ。これめっちゃええし、もろて帰ろう」

使いかけの化粧水に伸ばした手を、町にペンと叩かれる。

「ナニワがすぎる。後で自分で買いなさい」

「大丈夫ですよ。持って帰っていただく分もちゃんと用意してますから」

化粧品メーカーの男がにこやかに応じる。

「え、ほんまですか。ありがとうございます。やった。でもこれも後でもらおう」

祐の言葉に、今度は笑いが起こった。既に明るくなっていた空気が、更に和やかになる。

祐は内心で安堵のため息をついた。緊張で強張っていた体から少しだけ力が抜ける。シャツの下に着ているTシャツの背中が、じっとり濡れているのがわかった。

完全に町に助けられたな……。

町がいじってくれたから場がもった。咄嗟に言葉が出てこなかった以上、どんな言い訳も通用しない。後で礼を言わなくては。

「町」

帰りのロケバスが出発すると同時に、祐は通路を挟んだ席にいる町を呼んだ。そして間を置かずに頭を下げた。

「今日は悪かった。ありがとう」

町は瞬(まばた)きをした。

「え、何が?」

「とぼけんでええ。化粧水の紹介してるとき、フォローしてくれたやろ。助かった」

後ろの方の席にいる佐藤と岸部をはじめ、スタッフたちが聞き耳を立てているのがわかったが、聞かれてもかまわない。

悪いんは俺やし、助けられたんも俺や。

じっと見つめた先で、町はニッコリ笑った。

「あれは堂松君が悪かったわけじゃないだろ。大阪と東京のやり方の違いだよな」

町は恩に着せるわけでもなく、厭味(いやみ)を言うでもなく、うんと頷く。

反対に、いや、と祐は首を横に振った。

「俺が悪かったんや。いじられてムッとしたんを隠せへんかったから」

「あ、やっぱりムッとしてたんだ。うまくまわってたし笑いもとれてたから大丈夫だと思ってたけど、嫌だったんならごめん」

真面目に謝る町を目の前にして、一気に顔が熱くなる。笑いがとれればいいと割り切る気持ちがある一方で、苛立ちを抑えられなかった自分が急に恥ずかしくなった。一人では笑いがとれないのに、助けてもらって苛立つなんて最悪だ。

「いや……、ムッとしてた俺が間違てたんや。すまん」

祐は再び頭を下げた。

俺はプロとして失格や……。

ばつの悪さと申し訳なさから肩を落としていると、いやいやと町は明るい声で応じた。

「ムッとするのは感情の動きだから、止められなくても仕方ないだろ。それに堂松君は東京に出てきて間がないから、今までとやり方が違って当然だし。僕も堂松君の連絡先聞くなり何なりして、ちゃんと話せばよかった」

「それは、おまえが気にすることや……」

口ごもった祐はますますばつが悪くなった。

おまえは反省することない。おまえが話したそうな空気出してるんわかってて、無視したんは俺や。

口には出さなかった祐の思いを敏感に察知したらしく、堂松君、と町は人懐っこく声をかけてきた。

「今日、これから仕事ある？」

「いや、今日はこれで終わりや」

「僕もこれで終わりなんだ。よかったら飲みに行かない？」

祐は迷うことなくああと頷いた。鷹司が言っていた通り、町は本当に祐と仲良くなりたいと思っているらしい。

スタッフたちがほっと息をついたのが伝わってきた。佐藤と岸部が笑みをかわす様子が視界の端に映る。もしかしたら喧嘩になるのではないかと危惧していたのかもしれない。

これまで町を文化人気取りのチャラいマルチタレントとしか見ていなかった。彼が本当はどういう人間なのかなど考えたこともなかった。

今、改めて町という男を知りたいと思う。

「俺も話したいし、飲みに行こう」

改めて応じると、素直な態度が意外だったのか、町は目を丸くした。が、すぐに輝くような笑みを浮かべる。

俺と飲めるんがそんな嬉しいんか？

驚いたものの、悪い気はしなかった。

町が連れて行ってくれたのは洋風居酒屋だった。個室はあるものの、価格帯はごく庶民的な店だ。仕事帰りらしき人たちでほどよく賑わっている。引くほど洒落たバーへ連れて行かれると思っていた祐は拍子抜けした。案外普通なところもあるらしい。

ちなみに客の中には祐に気付いた者もいたようだが、町に注目が集まったせいで「ナニワ感の芸人」という言葉は聞こえてこなかった。ほっとする一方で、己の知名度の低さを痛感したことは言うまでもない。

「じゃ、乾杯！」

「ああ、乾杯」

ビールで乾杯して一口飲む。外国産の爽やかなビールは、渇いた喉に快く染みる。

完全な個室ではなく壁で仕切られているだけなので、店内のざわめきが伝わってくる。適度に雑多な空気が心地好い。

「でもまさか、ほんとに何も手入れしてないなんて思わなかった」

ニコニコと笑いながら言った町に首を傾げる。

「手入れて、肌のことか？」

「そう。僕、子供の頃から凄い乾燥肌で、油断するとすぐカサカサになって粉吹くんだよ。しかも敏感肌で、合わない化粧水をつけると赤くなる。それで自分に合う化粧水を探し求めてるうちに詳しくなったんだ。仕事につながるとは思ってなかったから、番組の話がきたときはびっくりした」

「ああ、なるほど……」

化粧品に詳しいのは、そういう理由だったのだ。自分をきれいに見せたいとか、アンチエイジングだとかいう理由ではなかった。勝手にチャラいと決めつけていた自分が恥ずかしい。

「ずっとテレビに出るのを目標にやってきたから、出させてもらえるようになってすげぇ嬉しかったけど、スタジオって乾燥してるだろ。夏と冬は外との気温差も凄いし、最初はパリパリになってほんと困った」

テレビに出るのが目標、という言葉を躊躇なく口にした町に、祐は瞬きをした。

今の芸人は、ほとんどが各事務所のお笑い養成所の出身である。つまり、養成所を出た後、漫才師やコント師といった芸人になることが前提になっているのだ。そのせいか、タレントではなく、あくまで芸人として生きたいと思っている者が多い。

そんな中で、賞レースで優勝することでもライブに出ることでもなく、テレビに出るのが目標と言い切る者は珍しい。祐自身もおおっぴらに口にしたことはなかった。

「町、もともとピン芸人やったんやろ」

名称はわからないが、美味しそうな肉の煮込み料理を口に入れつつ言う。

うん、と町は頷いた。

「養成所を出たての頃は一人芝居をやってた。お笑いはもちろん好きだったけど、いろんなことに興味があったから、お笑い以外のこともやれたらいいなって思ってた」

「東京はそういう奴が多いんか」

「そういう奴って？」

「芸人になりたいていうより、タレントになりたい奴」

「どうだろう。東京でも漫才とかコントをやりたい人もいるし、人それぞれじゃない？」

ニコニコと笑いながら言った町に、そうか、と祐はつぶやいた。

いずれにしろ、町はお笑いを踏み台にしているわけでも、ないがしろにしているわけでもないらしい。興味があることのうちのひとつがお笑いなのだ。

実際、祐は町に助けられた。町にお笑いの才能があるのは間違いない。

「堂松君は、最初はコンビ組んでたんだろ」

「よう知ってるな」

うん、と町はなぜか嬉しそうに応じた。ジョッキをテーブルに置き、こちらに身を乗り出してくる。

「確かプロになって一年で解散して、その後は誰とも組んでないよな。なんで？　元相方以上の人が見つからなかったから？」

「ちゃうちゃう。俺もお笑いは好きやったけど、どうしても漫才がしたいわけやなかったんや。とにかくテレビに出たかったから、そのままピンでやることにした。そもそも組みたいて思う奴もおらんかったし」

町が先にテレビに出たかったと言ってくれたおかげで、本音を口にすることができた。

町はゆっくりと瞬きをする。

「堂松君もテレビに出たかったのか」

「ああ。おまえと一緒や」

「そうか、そうなんだ。大阪事務所の人は基本、漫才がやりたいんだって思ってた。ほら、表面張力さんも東京でレギュラー番組持ってても漫才中心に活動してるし、若手のオレンジグミさんも、MCも放送作家も俳優業も全部こなしてるバンデージさんも、MCがうまくて舞台の脚本も書いてる中堅のパイロットランプさんも、皆漫才を続けてるだろ。そういうのが大阪の伝統なんだと思ってた」

真面目な顔で第一線で活躍している漫才コンビの名前を列挙した町に、フライを頬張っていた祐は笑った。

「伝統て、漫才は古典芸能やないし。まあ確かに、東京に比べて大阪はMCだけやってる芸人は少ないいな。せやからこそ、俺みたいなんが珍しいて生き残れたんやと思う」

「珍しいから生き残れたんじゃない。堂松君はまわしがうまいから売れたんだ」

きっぱり言い切った町は、先ほどから話すのに集中していて飲み食いしていない。

案外熱い男やな……。

予想外の反応に戸惑いつつビールを飲んでいると、町はなおも続けた。

「堂松君、東京でもすげぇMCがうまいって有名だったから」

「え、マジか」

大阪にいても、東京の情報はおのずと耳に入ってくる。テレビ番組や劇場の出番を見れば一目瞭然だ。しかし東京では意識していないと大阪のローカル情報は手に入らない。だから東京の芸人は祐のことなど知らないだろうと思っていたが、そうでもなかったようだ。

「僕は、堂松君に会えるの楽しみにしてた」

喉が渇いたのか、思い出したようにビールを飲んだ町を軽くにらむ。

「なんでや。俺ではおまえのライバルにはならんと思たからか？」

わざと意地悪く尋ねると、町はなぜかきょとんとした。優しげに整った面立ちだが、そうして無防備になると若干間抜けに見える。

そんなことない、と慌てて否定すると思っていたので、祐もきょとんとしてしまった。ん？と思わず首を傾げる。

祐のその反応に、町は我に返ったようにハハハと笑った。

「いや、そういうことじゃなくて、一緒に仕事できたら楽しそうだなって思ってて。堂松君て凄くよく人を見てるだろ。普通なら気付かない微妙な変化とか見抜いて話をふる。進行のために無理に切ったり急かしたりしない。でもちゃんと番組はまわる。一緒に出てる人が安心してしゃべってるのが伝わってきて、凄いなあって感心してたんだ。僕もMCやってるとき、出演者のおもしろさ引き出しつつ進行するのに苦労するから」

真剣な口調に、咄嗟にどう返していいかわからなかった。

大阪の番組を見てくれただけやのうて、そんな細かいとこまでチェックしてたんか……。

驚きと嬉しさと共に、少し怖さも感じる。

ともあれ町は、笑いに対して熱いようだ。今まで散々話しかけてきたにもかかわらずお笑いの話題を出さなかったのは、短い時間では話しきれなかったせいかもしれない。

「芸人の中にも、MCが番組の主役で何言ってもいいって勘違いしてる奴がいるじゃん。周りが合わせればいいって思ってる。大阪にはいない？」

「……ああ、まあ、おるな」

祐は一呼吸置いて頷いた。元相方がそうだった。他にも、プライドだけやたらと高く、自分のやり方に固執(こしつ)している芸人に、そうした考えを持つ者が多い気がする。

「僕、そういう奴ほんと嫌いなんだ。堂松君のことも適当にしゃべってるだけでおもしろくないって言ってる奴がいてムカついた」

冷たい口調に少し驚く。たまに毒を吐くところは見たことがあるが、ここまであからさまに不機嫌な顔は初めて見た。

「俺の悪口言うてる奴がおったんか」

「まあな。堂松君が東京へ来るって聞いて、びびってたんだと思うけど」

ふんと鼻を鳴らした町に、祐は思わず笑ってしまった。

町は整った眉を寄せる。

「なんで笑うんだ」

「いや、なんかえらい俺を買うてくれてるんやな。ていうか、おまえもたいがいやろ。ナニワ感て何やねん」

笑いながら言うと、町は慌てたように尋ねてきた。

「もしかしてほんとに嫌だった？　嫌だったらやめるけど」

「アホか、やめんな。まあぶっちゃけムカついたけど、笑いがとれたんは確かやからな」

そっか、と町はほっと息をつく。

「今までの仕事も今日の収録も、僕は凄く楽しかった。もともと堂松君と仕事がしたいって佐藤さんにお願いしてたんだ。だから岸部さんから話がきて、ほんとに嬉しかった」

ニコニコと笑みを浮かべて話す町に、祐は半ば呆気にとられ、半ば感心した。後輩はともかく、同期にこんな風にストレートに、嬉しい楽しいと告げられたことはない。

そういやこいつ、最初に会うたときからこんな感じやったっけ……。

一方的に敵視していたせいでわからなかったが、町には虚栄心や見栄がないようだ。お笑いとは異なる分野でも受け入れられているのは、彼が垣根を作らないからだろう。

「俺もおまえのことは知ってたわ」

「え、ほんと？」

「ああ。なんかチャラいし、胡散臭い奴やて思てた」

「マジで？　ショックだ……」

肩を落とした町に、祐は笑った。

「今はチャラいとは思てへん。胡散臭いとは思てるけどな」

「僕、胡散臭くないだろ」

「いや、胡散臭い。見た目ごっつオシャレやけど、ボタンやらタイマーの表記が全部フランス語で、どうやって使てええかわからん電子レンジみたいや」

「なんだその謎のたとえ。電子レンジにたとえられたのなんて初めてなんだけど」

なぜか嬉しそうに言った町は、目を細めて祐を見つめた。

「僕の堂松君の印象は最初から変わらないな。や、でも間近で見た方がきれいなのはびっくりした。どんな服でも着こなしちゃうのも想像以上だったし。堂松君、自覚ないみたいだけど、かなりか、っこいいからね」

あくまで真面目な口調で言った町に、祐はわざと顔をしかめた。

「肝心なとこで噛むなや。だいたい、おまえみたいなイケメンにカッコエエとか言われても説得力ない」

「嘘じゃないよ。イケメンだからって、特殊なデザインとか色が似合うわけじゃない。堂松君は雰囲気があるから似合うんだ」

「おまえに褒(ほ)められてもな。ていうか君はつけんでええ。堂松でええから」

「じゃあ祐君って呼んでもいい？」

町は満面に笑みを浮かべる。

唐突な提案に、祐は若干引いた。

「なんで名前呼びやねん……。苗字で呼べや」

「祐君も僕のこと央太(おうた)って呼んでいいから」

「は？　俺は呼ばんで。ていうか何勝手に名前呼びしてんねん」

「いいじゃん。祐君の方が呼びやすいし」

「いやいや、たすくんて呼びにくいやろ。後輩には祐さんて呼ぶ奴もおるけど、同期以上はだいたい苗字呼びやから。祐君を縮めてたっくんて呼ぶんは親戚くらいや」

「じゃあ僕もたっくんて呼ぶ」

「アホか、おまえ親戚ちゃうやろ」

「親戚付き合いすればたっくんって呼んでいいってこと？　わかった、じゃあこれから親戚も真っ青の濃い付き合いをしよう」

「なんでやねん。嫌やわ。お断りします」

真剣な口調で言った町にすかさず応じた祐は、思わず噴き出した。関西弁と標準語なのに、こんなに息の合った応酬（おうしゅう）になるとは思わなかった。

漫才コンビを組んでいた頃の感覚を思い出す。元相方と組んでいたのは短い間だったし、あまり良い思い出はないが、ごくたまに息がぴたりと合ったときは本当に気持ちよかった。

やがて町も笑い出した。切れ長の目を細めて見つめてくる。

柔らかな眼差しに、なぜかドキ、と心臓が跳ねた。

なるほど、女性人気があるんはこういう顔ができるからか……。

「やっぱりたっくんと話すのはおもしろい」

「せやからたっくんて呼ぶな。名前で呼ぶんやったらせめて呼び捨てにしてくれ」

「わかった。じゃあ祐って呼ぶ」

「ああもう好きにせえ」

笑って応じると、やった、と町は拳（こぶし）を握った。

「祐も央太って呼んでいいから」

「せやから呼ばんっちゅうの」

「えー、なんで。呼んでいいって」

とりあえず、町央太は思っていたほど嫌な奴ではないらしい。

それどころか、かなりいい奴のような気がする。

「はい、オッケーです！　お疲れ様でした！」

ディレクターの声がスタジオに響くと同時に、張りつめていた空気が緩んだ。お疲れ、お疲れさんです、と各々挨拶をかわす。

「今日もいい感じだったな」

立ち上がった町に笑いかけられ、ああと祐は頷いた。

五年ほど前に大阪から東京へ進出した若手コンビ、『オレンジグミ』がＭＣを務める番組にゲスト出演したのだ。歴史上の人物にスポットを当て、今まで知られていなかった最新の研究成果を専門家が話す。

『オレンジグミ』のツッコミである滝本の両親は大学教授で、なおかつ本人も有名大学を出たインテリなので、アカデミックな話題にもついていけるのが味噌だ。再現ＶＴＲに大物芸人や人気俳優が数多く登場するため、短編大河と呼ばれているくらいである。

また、一般にはあまり知られていない人物を取り上げることが多く、若者だけではなく歴史好きの年配の人にも人気があるらしい。知名度を上げたい若手や中堅が、ぜひとも出演したいと熱望する番組だ。

「町、堂松」

声をかけてきたのは『オレンジグミ』のボケ、都留だ。五期先輩だが、確かひとつ下である。しかし可愛らしい童顔のせいで二十代前半にしか見えない。

『オレンジグミ』は、かわいい都留と男前な滝本という外見のせいで女性ファンが多い。そのためか、バラエティ番組のMCだけでなく、いわゆるアイドル的な仕事もしている。一方で漫才は決して疎かにせず、東京へ進出してからも舞台に立ち続けている。

ツッコミの滝本はディレクターに捕まっているようだ。こちらが気になるらしく、ちらちらと視線を向けてくる。

その視線に気付いているのかいないのか、都留はニッコリ笑った。

「二人とも、めっちゃおもしろかった」

ほんわかと言われて、ありがとうございます！　と祐は頭を下げた。隣で町も同じく頭を下げる。

『オレンジグミ』と一緒に仕事をするのは今日が初めてだ。大阪事務所出身とはいえ、祐が本格的にテレビの仕事をする頃には東京へ拠点を移してしまったので、挨拶をしたことはあっても交流はなかった。収録の直前まで緊張していたが、町のいじりのおかげで要所要所で笑いがとれた。

「堂松、東京来てそろそろ二ヵ月やろ。ちょっとは慣れたか？」

都留さん、優しい……。

内心で感動しつつ苦笑する。

「まだまだ戸惑うことばっかりです。スタッフさんとか周りの人に助けてもろて、なんとかやってます」

祐の隣で、町が自分自身の鼻先を無言で指さす。

無視していると、都留が笑った。

「町も助けになってるよな。偉いぞ」

町の肩を軽く叩いた都留は、改めて祐に視線を移した。

「また二人一緒に来てくれると嬉しい。あ、それから堂松も町も、今度から敬語は使わんでええから。俺のが一個年下やし、滝本なんか二つ年下やし」

「いや、それはいくら何でもまずいでしょう」

「年は下でも五期先輩ですから」

慌てた祐の言葉に、町も同意する。

えー、と都留は悲しそうに眉を寄せた。

「二人が同期で同い年でめっちゃ楽しそうやから、俺も混ざりたいなあて思たんやけど……、あかんんか？」

「いやいやいや、あかんことはないです。混ざってくれはるんは大歓迎ですけど、タメ口は勘弁してください。俺らが白い目で見られてしまいます」

「そうかー。残念やなあ」

都留が眉を寄せて頭をかいたそのとき、都留さん、とディレクターが呼んだ。ディレクターの横で滝本が手招きしている。

「呼ばれてるし行くわ。お疲れさん」

お疲れ様でした！　と応じた声が町と重なった。滝本とディレクターにも会釈をする。

頭を上げた祐は、町と顔を見合わせた。端整な面立ちにニッコリと笑みが浮かぶ。

「また一緒に来てほしいって。よかったな」

「ああ。都留さんにああいう風に言うてもらえるとは思わんかった」

町と初めて一緒に飲んでから約一ヵ月。町が祐をいじり、祐がキレ気味に応じる、というやりとりは好評らしく、二人一緒に仕事をする機会が急激に増えた。

いじられるのに慣れてくると、町が場の空気をきっちり読んだ上でいじってきていることに改めて気付かされた。計算されたいじりなので、こちらも返しやすい。

しかも、計算してるんを全然感じさせへんし。

町と共に楽屋へと歩き出した祐は、整った横顔を見上げた。収録中と変わらないように見えるが、注意して見るとわずかに緩んだ表情をしているのがわかる。

俺も負けてへんけど、こいつも凄い。

こうして近くで見ても男前だが、決してルックスだけで売れたわけではない。

「どうした？　疲れたか？」

祐の視線に気付いたらしく、町が心配そうに覗き込んでくる。

なぜか決まりが悪くて、祐は咄嗟に視線をそらした。

「いや、大丈夫や。おまえ次の仕事は？」

「次は出版社で打ち合わせ。祐は？」

祐と呼び捨てにされるのも慣れた。

「俺は雑誌の取材や」

「そっか。僕、明日一日オフなんだ。時間あったら遊ばない？」

「明日か。明日はずっと仕事やな」

祐の答えに、町は肩を落とした。が、すぐに顔を上げて尋ねてくる。

「夜は空いてる？」

「収録が長引かんかったら六時頃には終わると思うけど、今はまだわからん」

「じゃあ終わったらうちに来ないか？　一緒にご飯食べよう」

町はニコニコと笑う。

反対に、祐は眉を寄せた。

「や、せやから何時に終わるかわからんのやて」

「うん、だから外で待ち合わせするんじゃなくて、うちに来ればいいじゃん。うちだったら何時になってもいいから」

いやいや、何時になってもええことないやろ、と祐は心の内だけでツッこんだ。本気で良い考えだと思っているらしい町に、若干引いてしまう。

この一ヵ月、町は遊ぼうだの飲みに行こうだのとよく誘ってくる。スケジュールが空いているときは基本断らない。友達呼んでいい？　と町が尋ねても断らなかった。おかげで東京で活動している芸人だけでなく、音楽関係や出版関係の知り合いが増えた。

町と二人きりのときもあって、それもまた楽しかった。余計な意地や偏見がなくなると、彼の豊かな才能がはっきりと目につくようになった。お笑いのことや芸能界のことを話すのはもちろんおもしろかったし、音楽や文学の話を聞くのもおもしろかった。互いの学生時代の話をするのも楽しかった。

とはいえ、家に誘われたのは初めてだ。

「一日オフやったら、俺やのうてカノジョ呼べや」

祐の言葉に、町は肩をすくめた。

「カノジョはいません。いたらこんな頻繁に誘わないし」

「まあそらそやな。俺もおらんし」

「あ、やっぱりいないんだ」

やけに嬉しそうな町の背中を叩く。

「やっぱりて何やねん。失礼やな」

「カノジョがいたら少しは話題に出てくるだろ。この一ヵ月、全然そういう話が出てこなかったから、カノジョいない歴も長いんじゃないかなって思ってた」

「長うて悪かったな。いない歴三年じゃ」

行きつけの居酒屋でバイトをしていた女性と付き合ったが、仕事と飲み会で忙しく、連絡が途切れがちになってふられた。どうしても繋ぎとめたい相手ではなかったので、そのままフリーになった。ちょうど同じ頃、東京進出を視野に入れて動き始めたこともあり、恋愛どころではなくなったのも事実だ。

「全然悪くないよ。僕もいない歴三年だから」

不機嫌に言い放った祐とは反対に、町は上機嫌で答える。かと思うと、わざとらしく声を落とした。

「カノジョがいないってことは、プロのおねえさんのお世話になってるわけか」

「やかましわ。なんでおまえに俺のシモの話をせなあかんねん」

「いいじゃん、下ネタは仲良くなる近道だろ。あ、シモの話をしたくないのはもしかして、カノジョじゃなくてカレシの方がよくなったってこと？」

「アホか、何言うてんねん」

突拍子もないことを言い出した町にあきれていると、おはようございます、と背後から声をかけられた。

長い廊下を歩いてきたのは、東京事務所の若手コンビ『かみしもジャンパー』の桑野と梅本だ。二十代半ばのこの二人は町と親しい。祐も町を介して話すようになった。

「何の収録ですか?」

興味津々の桑野に、町が答える。

「オレンジグミさんの歴史番組」

「ああ、あの番組ですか。いいなあ、いつか俺らも出たいです」

「やっぱもっと知名度上げないとな。今回の全漫で優勝まではいかなくても、せめて決勝には残らないと」

桑野も梅本もげっそりしている。今、全国漫才コンテストの予選の真っ最中なのだ。

プロもアマも参加できる全漫では、プロは三次選考からが本番だと言われる。確かこの二人は、その三次選考を突破したはずだ。

ちなみに引っ越しを手伝ってくれた小野寺のコンビは三次を通過できなかったが、穂高のコンビは残っている。

「三次選考は通過したんやろ。もう一息やないか」

祐の言葉に、二人の後輩はパッと顔を輝かせた。

「知ってくれてるんですね。ありがとうございます」

「でも決勝まではまだ四次と準決勝がありますから……。堂松さんはコンビ組んでたときどんな感じでした？」

　桑野が真剣に尋ねてくる。

　祐は苦笑して手を横に振った。

「俺は七年くらい前に一回出ただけやから、参考にならんわ」

「どこまで通過されたんですか」

「四次までいった」

「一回で四次っすか！　さすがですね！」

　梅本は大きな声をあげた。桑野も尊敬の眼差しを向けてくる。

「お忙しいと思いますけど、今度アドバイスもらえますか」

　お願いしますと二人につめ寄られたそのとき、町が話に割って入ってきた。

「二人とも、今日はネタ番組のオーディションだろ。早く行かないと時間きちゃうぞ」

「あ、やべ、そうだった。町さん、堂松さん、失礼します」

「呼び止めてすみませんでした。また飲みに連れてってください」

　二人は勢いよく頭を下げると、慌てて走り去っていった。その後ろ姿から、尋常ではない緊迫感が伝わってくる。

大変やな、漫才師。がんばれ。

それはそうと、なんでこいつは微妙に不機嫌なんや。

祐は隣に立っている町を見上げた。一見すると穏やかな表情だが、ムッとしているのが伝わってくる。まれに毒を吐くものの、町は基本ニコニコしている。それなのに珍しいこともあるものだ。

——否。今までも気付かなかっただけで、こんな風に密かに腹を立てていたのかもしれない。微妙な変化がわかるようになるくらい、このところずっと傍にいたということか。

「じゃあ僕らも行こうか。岸部さんと佐藤さんが待ってるよ」

明るく言った町に、おいと声をかける。

「なんで怒ってんねん」

「え、怒ってないけど」

「嘘つけ。怒ってるやないか。桑野と梅本が何かしたか?」

眉を寄せて尋ねると、町は目を丸くした。かと思うと苦笑を浮かべる。

「さすがMCやってるだけあって鋭いな」

「コラ、ちゃかすな」

「ちゃかしてないって。いつのまにかこっちの後輩とも馴染んでるなと思って……」

プライベートでも滑舌がよく、言葉が次々に出てくる町らしくない歯切れの悪い口調に、祐はあきれた。

「おまえが東京の芸人を紹介してくれて、しゃべる機会を作ってくれたんやろが」

そうだけど、とまた口ごもった町に、あきれを通り越して笑ってしまう。

案外ガキっぽいとこもあるんやな。

「仲のええ後輩とられてヤキモチか？」

からかうように尋ねると、町はまた目を見開いた。そして今度は眉を八の字に寄せる。どことなく情けない表情だ。

「なるほどね。そうか、そうくるか」

「そうくるて何やねん」

「いや。祐のコミュ力の高さを甘く見てた。いろんな人と仲良くなるのはいいことだけど、とにかく明日はうちに遊びに来いよ。何時になってもいいから」

見下ろしてくる視線がやけに優しく感じられて、ああ、うん、とうつむき加減で頷く。

町が嬉しそうに笑ったそのとき、町、堂松君、と呼ばれた。楽屋の前に佐藤と岸部が立っている。

町と共に駆け出した祐は、頬が熱くなっていることに気付いた。

町、たまにああいう目ぇするよな……。

収録でもプライベートでも、あそこまで柔らかく誰かを見つめることはない気がする。恐らく祐に対するときだけの眼差しだ。

俺だけか、と思うと、恥ずかしいような、いたたまれないような感じがした。それでいて嫌ではないのだから不思議だ。

町に特別に思われるんは、悪うない。


祐は一等地にある高級マンションを、半ば圧倒されて見上げた。街の明かりのせいで、漆黒であるはずの夜空は白んで見える。そのどこか現実離れした空を背景に建つマンションは、モダンな美術館か博物館のようだ。

こんなとこに住んでるて、すげぇな……。

もちろん、大阪にも高級マンションはある。しかし住んでいる芸人にはお目にかかったことがない。そんな物件に住めるほど稼げる人は、一軒家を購入するか東京へ引っ越してしまうからだ。友人や親戚にも高級マンションに住んでいる人はいない。ロケで訪れたことはあるが、プライベートで入るのは初めてだ。

バラエティ番組の収録が終わったのは午後八時頃だった。ひな壇で一緒になった『ゼブラ』にまた話を遮られそうになったが、MCの『パイロットランプ』が止めてくれたおかげでオチまで話せた。

俺がMCでも、あれは止めた。

祐が目障り（めざわ）りだったのか、単純に自分たちが話したかったのかはわからないが、『ゼブラ』はMCのまわしを無視していた。あれではどこへ行っても嫌がられるだろう。

今終わったと町に連絡すると、お疲れ様とすぐに返信があった。ご飯作った、というメッセージと共に煮物の写真が送られてきた。てっきりデリバリーで何か頼むと思っていた祐は驚いた。町が料理もできることは知っていたが、まさか自分のために作ってくれるとは思わなかったのだ。マメな奴、と感心しながら教えてもらった住所に向かった。そして現れたのがこの高級マンションである。

厳重なセキュリティとコンシェルジュの存在に驚きつつ、内心ではおっかなびっくり、しかし表向きは平静を装（よそお）って町の部屋にたどり着く。

「いらっしゃい！」

わざわざ玄関のドアを開けて出迎えてくれた町は、紺色のエプロンを身につけていた。

そんでまたこいつがこのマンションに似合うていうか、負けてへんていうか……。

シャツの袖（そで）を肘（ひじ）の辺りまでまくったエプロン姿は、女性ファンが見たら、キャー！　と黄色い悲鳴をあげそうだ。

「何？　何かついてる？」

じっと見つめたせいだろう、町が自分の頬を撫でる。町にとってはこのマンションも無闇に垢抜けた格好も、当たり前の日常なのだ。

文化の違いて、やっぱりあるよな。

大阪にもお洒落な人はたくさんいるが、種類が違う気がする。

感心なのか感慨なのか、どこからきているのかよくわからない感情のままため息を落とした祐に、町は焦ったように眉を寄せた。

「なに？ 怖い、ため息やめて」

「アホ、怖いんはおまえや。無駄にコジャレたとこに住みやがって」

「え、住んじゃだめだった？」

「だめとは言うてへんやろ。ていうか遅うに悪いな」

「いやいや、誘ったの僕だし、まだ全然遅くないから大丈夫。さあ、入って入って」

ニッコリ笑って促され、遠慮なく中へ足を踏み入れる。

通されたリビングはとにかく広かった。家具や照明器具はシンプルながらもセンスがいい。きっとどれも高級品なのだろう。

「おまえ、儲けてるんやなあ。本の印税てそんな凄いんか。それか歌唱税が凄いんか。あ、東京事務所のギャラは大阪の倍とか？」

「いきなり何の話？」

「せやから金の話や」

上着を脱ぎながら言うと、町は楽しげに笑った。

「お金の話もオブラートに包まないとこがナニワだよな」

「ナニワ言うな。金がないとこんなとこ住めんやろ」

「まあそうだけど。こっちの人はそんなストレートにお金の話はしないから」

話しながらキッチンへ移動する。テーブルには送られてきた写真の通り、鶏肉の他、人参や牛蒡(ごぼう)等の野菜がたっぷり入った煮物が置いてあった。その横にはだし巻き卵とほうれん草のおひたしがある。皿やランチョンマットが洒落ているので洗練された料理のように見えるが、ごく庶民的(しょみんてき)なメニューだ。

「お味噌汁とご飯をよそうから座って」

コンロに向かった町に、ありがとうと礼を言う。席についた祐は改めて料理を見つめた。

「これ、全部自分で作ったんか」

「うん。前はパスタとか炒め物を中心に作ってたんだけど、三十路(みそじ)になったことだし、ヘルシーな和食にシフトしようと思って」

「食事のことまで考えてんのか」

「そりゃ考えるだろ。僕らの仕事は体が資本だ。自分が倒れたら終わりだからな」

町は味噌汁をよそいながら言う。

「それはそうやけど、俺はまだそこまで考えてへんな。自炊も全然せんし」

「じゃあ、うちにご飯食べに来いよ。作れるときは作るから」

歩み寄ってきた町は、祐の前にお椀を置いた。味噌汁には舞茸やしめじ、えのき等、きのこがたっぷり入っている。旨そうだ。

「おまえ、忙しいやろが。今日かて一日オフやったんは一ヵ月ぶりくらいやろ」

「よく知ってるな」

「岸部さんに聞いた。一緒に飲みに行ったんも、仕事帰りがほとんどやったし」

「確かに一日休みは久しぶりだったけど、ちょっとした空き時間はあるから大丈夫。一人分だけ作るのって逆に難しいし、スケジュールが合うときは一緒にご飯食べないか?」

今度はご飯が目の前に置かれた。湯気をあげる米粒がつやつやと輝いていて、ごく、と喉が鳴る。

誰かの手作りの料理を食べるのは久しぶりだ。基本的に自炊はしないし、三年前に別れた恋人は料理が得意ではなかったから、ほとんどコンビニで弁当を買うか外食をしていた。町の言う通り、そろそろ食生活にも気を遣うべきだろう。

「俺はありがたいけど、カノジョができたら言えよ。遠慮するから」

それなりに真面目に言ったつもりだったが、町はニッコリ笑った。

「カノジョは作らないから大丈夫」

「なんじゃそら。ええ加減なこと言うな」

「いい加減じゃないよ。ほんとに作る気ないし。ほら、冷めないうちに食べよう」

やけに楽しげに言われて、ああ、うん、と祐は頷いた。そしてエプロンをはずして正面に腰かけた町と共に、いただきますと手を合わせる。

まずは味噌汁に口をつけた。きのこの香りと味がよく出た味噌汁は旨い。室内は空調がきいていて快適だが、秋の気配はしっかり感じられる。味噌汁の温かさが体の芯に浸透して、はー、と思わずため息が漏れた。

その様子をじっと見ていた町が、恐る恐る尋ねてくる。

「美味しい？」

「ああ、めっちゃ旨い」

頷いてみせると、町はほっと息をついた。脈絡もなく、高校生の頃に手作りのクッキーをくれた彼女のことが思い浮かぶ。

なんじゃこら。

自分の思考がよくわからなくて内心で首を傾げつつ、祐は尋ねた。

「後輩には食べさしたりせんのか？　めちゃめちゃ喜びそうやけど」

「後輩とは大勢で飲むのはいいんだけど、一人とか二人だとちょっとな」

苦笑した町に、祐は瞬きをした。人付き合いは得意中の得意だと思っていたので意外だ。そ

ういえば、後輩と飲みに行くときは必ず五人以上いた気がする。

「少人数で飲むんは嫌ってことか？」

「僕が嫌っていうより、後輩に嫌な思いさせるんじゃないかと思って」

「嫌な思いてなんでやねん。まさかいびるんとちゃうやろな」

尋ねた後で煮物を口に入れる。これも出汁がきいていて旨い。

同じく煮物を頬張っていた町は、違う違う、と首を横に振った。

「後輩とプライベートで飲んでると、どうしてもお笑いの話になるだろ。どこを直せばいいか教えてくれって言われて漫才とかコントのアドバイスをするんだけど、舞台に立ってない僕が何言っても説得力がないんだ。それにわりときつい言い方しちゃうから、お互いにとっていいことがない」

「ああ、それは俺もようわかるわ。昨日のかみしもジャンパーみたいにアドバイスくれて言われても、思てることをそのままは言いにくい」

祐は何度も頷いた。その辺りの感覚は全く同じだ。

それにしても、町がアドバイスすることに躊躇いがあるとは思わなかった。自分は何でもわかっていると傲慢になっていない証だ。

「まあでも僕はどうしてもって粘られたときは、何も言わないのも気まずいから言っちゃうんだけど」

「結局言うんかい。かみしもジャンパーには何か言うたか？」

「去年、ライブに出してたネタにはアドバイスしたけど、今年の全漫のネタには何も言ってない。去年言ったとこが直ってないみたいだから、決勝には残れないと思う。四次選考か準決勝で敗退だろうな」

町の言葉に、祐は身を乗り出した。

「去年、何を言うたんや」

「ネタが突飛すぎる。突飛なのは個性だからいい。でも、どこかにお客さんが共感できるところがないと笑いはとれない」

祐が『かみしもジャンパー』の漫才を見て思ったことをそのまま口にした町に、確かにそやな、と思わず大きく頷く。町は淡々と続けた。

「それからツッコミがワンパターンすぎる」

「あれはわざとワンパターンにしてるんやと思うけど」

「身近な題材を扱ってるならそれでいいと思うんだ。くり返すおもしろさがあるのはわかる。ある意味テッパンだよな。けどネタが突飛なのにツッコミだけワンパターンだと、話の筋がよくわかんないのになんで同じことを何回も言うんだ、てイラつく」

なるほど、と祐は頷いた。強弱をつけたりバリエーションを増やしたりすれば苛立ちを解消できると思っていたが、そんな単純な話ではなさそうだ。

「バターチョコのネタは見たことあるか?」

東京ではほぼ無名の後輩のコンビ名を出したにもかかわらず、ああと町はあっさり頷いた。

「バターチョコは決勝に残ると思う。でも優勝は難しいだろうな」

「かみしもジャンパーとは逆で、雰囲気にもネタにも既視感(きしかん)があるからか?」

「それもある。たぶん、バターチョコはバンデージさんのファンなんだろ。今のネタはバンデージさんの二十歳(はたち)頃の漫才とよく似てる。けど、見た目もネタもバンデージさんほどのインパクトも勢いもない」

辛辣(しんらつ)だが的確な指摘に、祐はうなった。

ていうか、バンデージさんの若い頃の漫才まで見てるんか。

祐も尊敬しているベテランの漫才コンビ『バンデージ』は今、五十歳すぎだ。彼らがまだ売れていなかった三十年前のネタまでチェックしているというのか。祐もお笑いは好きだが、さすがにそんな古いネタまでは見たことがない。

驚いている間に、町は更に続けた。

「バンデージさんの漫才の短所だったところまで模倣(もほう)しちゃってるのもまずい。後半に向かって尻上がりに盛り上がらないといけないのに、どんどん間がなくなって早口になって、後半にいくほど笑いがとれなくなる」

「おいおい、ちょっと待て」

祐は慌てて町を止めた。

『バンデージ』は高校生の頃に全国漫才コンテストに出場し、決勝まで残って審査員特別賞を受賞した。高校を卒業後に正式にプロデビューし、いくつもの漫才の賞レースで優勝した。今も全国区でたくさんのレギュラー番組を持っており、ツッコミの相川は俳優として国際的な賞をとっているし、ボケの土屋は放送作家としても活躍している。なおかつ土屋は養成所の講師を務め、全漫では審査員も務めている。

二人とも自分たちは芸人であるという自覚をしっかり持っているらしく、お笑い以外の物事に関しては評論家めいたことは決して口にしない。テレビのレギュラーが増えると漫才をやめてしまうコンビもいる中、今も毎年単独ライブを開いている生粋の漫才師だ。その上、相川も土屋も俳優と並んでも遜色がないほどルックスが良い。

カリスマと呼んでも過言ではない存在に、たとえ若い頃の漫才に対してでもダメ出しをする者はいない。『バンデージ』を貶すのは、芸人の間ではタブーになっている。

しかし町はしれっと笑った。

「ここには僕と祐しかいないんだからいいだろ。それにバンデージさんの漫才の欠点は二十代の半ばでちゃんと修正されて、今はどこにも残ってないんだから。バンデージさんたち自身も認めて公言してることだし」

「や、まあ、そうかもしれんけど……」

「あと、もっと根本的なことを言うと、バターチョコはツッコミとボケが逆の方がいい。その方が二人の個性が活かせるし、オリジナリティが出ると思う。まあ、これは全漫の予選が始まっちゃった今アドバイスしても、どうにもならないけど」

祐は町をまじまじと見つめた。思っていたことを口に出しただけらしく、自慢げでもなければ偉そうでもない。

ボケとツッコミの交代は考えたことがなかった。他の芸人と漫才の話をあまりしないせいかもしれないが、誰かがそう言っているのも聞いたことがない。

言われてみれば確かに、ボケとツッコミを交代した方が新鮮味がありそうだ。

こいつ、凄いな……。

祐は心底感心した。ネタを分析する能力に長けているだけではない。発想力が違う。

以前、町が興味を持っていることのうちのひとつがお笑いなのだと思った。音楽や文学にも同じくらい興味があるのなら、どちらの分野でも成功するのは必至だ。

「だし巻き卵の味、どうかな。いつもより薄めにしてみたんだけど」

ふいに問われて、ああ、と祐は慌てて頷いた。口に入れていた卵はほどよい塩味だ。

「めっちゃ旨い。ちょうどええ味や」

「そっか、よかった」

嬉しそうに笑った町に、祐は胸の奥が熱くなるのを感じた。町央太という男に、改めて興味を引かれるのを感じる。

なんちゅうおもしろい奴や。こんな奴は初めてや。

町と、もっともっと話がしたい。

洋食店に入ると、暖かな空気が全身を包んだ。やんわりとだが暖房が入っているようだ。ここ数日で昼間の空気も冷たくなってきた。

ほっと息をついていると、いらっしゃいとマスターに声をかけられた。東京事務所に近いこの店には、打ち合わせ等でときどき訪れている。顔を覚えてもらえたらしい。

こんにちはと返していると、祐さん、と呼ばれた。奥の席で手を振っているのは、『バターチョコ』の穂高と井口だ。手をあげて応じた祐は、彼らに歩み寄った。

「待たせて悪い」

「いえ、全然待ってません。お忙しいのに来てもろてすんませんでした」

ペコリと頭を下げた穂高の横で、相方の井口も頭を下げる。

「堂松さん、お久しぶりです」

「おう、久しぶり」

元気やったか、と尋ねかけた言葉を祐は飲み込んだ。二人とも元気ですと答えられるような顔をしていなかったからだ。

穂高も井口も少し痩せた気がする。特に目の周りが窪んで見えるのは、彼らを苛む緊張と興奮と不安のせいだろう。

『バターチョコ』は全国漫才コンテストの四次選考を通過したばかりだ。準決勝に向けてネタの完成度をあげるため、東京の劇場に出演すると穂高から連絡があった。夕方には大阪へ帰ってしまうらしいので、空いた昼間に会うことにした。

町が言うた通り、四次までは順調に通過したな。

そんなことを思いつつ二人の正面に腰を下ろした祐は、メニューを手に取った。

「もう頼んだか？」

「いえ、まだです」

「好きなもん頼め。俺の奢りや」

メニューを開いて差し出すと、あざす！　と二人は嬉しそうに返事をした。

「祐さん、番組見さしてもうてます。オレンジグミさんの番組も、パイロットランプさんの番組もおもろかったです。あ、昨日のバンデージさんの番組もめっちゃおもろかった」

話しかけてきたのは、早々に注文を決めたらしい穂高だ。

「お、そうか。ありがとう」

「町さんと絡んではるときは、大阪にいてはったときとはまた違う感じですよね。町さんと仲ええんですか？」

「うん？　ああ、まあな」

祐は素直に頷いた。町のマンションを初めて訪れてから約十日。仕事でほとんど毎日顔を合わせている。岸部と佐藤が相談して、一緒の仕事を増やしたのだ。番組のプロデューサーたちは、二つ返事でキャスティングしてくれたという。

今日まで何度か他の芸人も交えて飲みに行った。町の手作りの夕食を食べたのは二度。一度は鍋、一度はドライカレーをご馳走になった。どちらもとても美味しかった。そしてそれ以上に、町とお笑いの話をするのがおもしろくて仕方なかった。話せば話すほど、共感するだけでなく感心するところもあって、とにかく飽きなかった。

ていうか、町の忙しさを考えたら、十日のうち二回て多いよな。

一度目に招かれたときに食費を渡そうとしたが、好きで作ってるんだから、と頑として受け取ってもらえなかった。仕方なく二度目は、町が好きそうな日本酒を買っていった。すると今度は喜んで受け取ってくれた。今日一緒に飲もう！　とはしゃいだ。

ちょっとかわいかった……。

町が嬉しそうだと、祐も嬉しい。

町に興味が湧いたから、そんな風に思うのだろうか。

「堂松さんは何にします？」

井口に声をかけられ、祐は我に返った。

ほとんど毎日一緒におるのに、たまに一緒やない時間にも町のこと考えるて、どうなってんねん。

我知らず赤面した祐は、ゴホンと咳払い（せきばらい）をした。

「俺はカツカレーにするわ。あ、マスター、注文お願いします」

通りがかったマスターに、後輩二人はミックスフライ定食を頼んだ。エビフライ、アジフライ、コーンクリームコロッケ、ヒレカツの他、小鉢（こばち）と味噌汁もついているボリューム満点のメニューだ。

その注文を聞いて、祐は内心で安堵した。顔色は良くないが食欲はあるらしい。食べられるのなら体力が落ちることはない。あとは本人たちの気力の問題である。

「東京の劇場はどうやった。やっぱり大阪とは違うか？」

はい、と二人はそろって頷いた。穂高が口を開く。

「笑いの質が違う気がします。準決勝に残ったコンビのネタも何組か見ましたけど、強敵になりそうなコンビがおって」

「誰や」

「かみしもジャンパーです」

『かみしもジャンパー』も準決勝に残っている。三日ほど前にテレビ局の廊下で遭遇して、がんばれよと声をかけたばかりだ。

「いかにも東京のコンビって感じで、めっちゃ尖がってるっていうか。あんなネタは大阪では見たことなかったです」

「俺らにはあんなぶっ飛んだセンスはないから、羨ましい」

甚く感心した様子の穂高と井口に、祐は苦笑した。この二人は『かみしもジャンパー』のネタの危うさをわかっていないようだ。

「そんな羨ましがることないいんとちゃうか？　おまえらにはかみしもジャンパーにはない安定感があるやろ」

祐が本心から言っているのが伝わったのか、穂高と井口は嬉しそうに顔を見合わせた。

「堂松さんは俺らのネタどう思わはります？　もっとこうした方がええとかありますか」

井口の真面目な口調に、いやいや、と祐は首を横に振った。

「俺は漫才師やないからな。現役で漫才やってはる先輩か、劇場のスタッフさんにアドバイスしてもろた方がええ」

「や、でも、祐さんの意見も聞きたいです」

穂高も真剣な顔で見つめてくる。何か言わないといけない雰囲気になってしまったので、そやなあ、と祐は首を傾げた。

「ネタはおもしろいと思う。ただ、後半になるほど急いでしまうみたいやから、それは気ぃ付けた方がええかもな」

急いでしまうみたい、だの、ええかも、だのと曖昧な言い方をしてしまうのは、やはり漫才をろくにやっていないからだ。それにきっと、同じようなアドバイスは他の先輩やスタッフからも受けているだろう。

町やったら、バンデージさんの模倣の域を出てない、とかズバッと言うかもな。

世間は町の爽やかな笑顔に騙されている。否、爽やかな笑顔の奥に毒を感じるからこそ人気があるのか。どちらにせよ、そのギャップがたまらなくおもしろいと感じる。

最近はお笑いだけでなく、ドラマやＣＭを見ても、町はこれ見てどう思うやろうと考えるようになった。そう考えると、会って話したくて仕方がなくなる。

「後半、どうしても走ってしまうんですよね」

「気ぃ付けます」

神妙な面持ちで頷いた穂高と井口に、祐はハッとした。

また町のことを考えてしもてた……。

内心で焦っている間に、二人は改めて祐に視線を向けてきた。

「祐さん、東京でも笑いとってはるんさすがですよね。尊敬します」

「いや、俺も周りに助けられてなんとかやってる状態や。ピンになってから初めて、相方がおったらなあて思たわ」

　正直に今の心情を打ち明けると、穂高と井口は目を丸くした。

　祐は今までとにかく強気でやってきた。先輩はともかく、後輩には弱音を吐いたことがない。本音を後輩に吐露したのはこれが初めてだ。町がいてくれることで、余計な肩肘を張らなくてよくなったのかもしれない。

「今までめんどくさいこともムカつくこともあったやろうし、今もあるかもしれんけど、とにかくおまえらは一緒にやってきた。そういう相方と助け合えるんは強いぞ」

　穂高と井口は再び顔を見合わせた。はい、と同時に神妙な返事をしたそのとき、店のドアが開く気配がする。

　ドアの方を向いて座っていた穂高と井口は、あ、と小さく声をあげた。つられて振り返ると、町と佐藤が入ってきたところだった。祐に気付いた町は嬉しそうに笑う。

が、祐はその表情に曇りがあることに気付いた。町の後ろにいる佐藤も神経を尖らせているようだ。

　なんや。何かあったんか。

　改めて体ごと町に向き直ると、町は佐藤に断って一人で歩み寄ってきた。

「偶然だな。お昼？」

「ああ。後輩が東京の劇場出るのに上京してきたから、飯に誘たんや。バターチョコの穂高と井口」

ネタを見たことはあっても、初対面には違いない。町に紹介すると、穂高と井口は慌てて立ち上がった。はじめまして、とそろって頭を下げる。

「はじめまして、町央太です。全漫の準決勝に残ったんだよな。がんばって」

「はい、ありがとうございます！」

「がんばります！」

明るく声をかけられ、穂高と井口は感激したように礼を言った。町に覚えてもらっていることが相当嬉しかったようだ。準決勝の励みになったかもしれない。

町はそれ以上は何も言わなかった。アドバイスを求められていないのだから当然だ。

「町、打ち合わせか？」

見上げて言うと、整った面立ちにはっきりと憂いの色が出た。しかしその色を打ち消すように、すぐ笑みを浮かべる。

「いや、打ち合わせが終わったからご飯を食べにきたんだ。祐に聞いてほしいことがあるから、後で連絡する」

「ああ、わかった」

頷いてみせると、町はほっと息をついた。

聞いてほしいことて何や。

佐藤も浮かない様子だったから、きっと仕事についてだ。そしてそれは恐らくプラスの内容ではない。

町には助けてもろてばっかりや。俺にできることがあったら力になろう。


洋食店の前で『バターチョコ』の二人と別れた祐は東京事務所に戻った。岸部だけでなくチーフマネージャーも交え、今後の方針やスケジュールを確認するためだ。

打ち合わせに入る前に、町からメッセージが届いた。——週刊誌に記事が載ることになっちゃったけど、全部映画の宣伝だから。

何のこっちゃ、という疑問に答えてくれたのは岸部だった。

「それ、たぶん日暮紫乃(ひぐれしの)と町君の記事のことだよ」

会議室に入ってきた祐が眉を寄せていたのが気になったらしい。どうしたのと聞かれて町からわけのわからないメールがきたと答えると、岸部は苦笑いした。

「日暮紫乃って、町の小説の映画の準主役に選ばれた女優さんですよね」

黒目がちの大きな瞳とまっすぐな黒髪のボブヘアが印象的な、売り出し中の若手女優だ。年は確か二十一歳。芸人の中にもファンがいる。確か小野寺(おのでら)もカワイイと騒いでいた。

あ、と祐は思わず声をあげた。

「町が日暮さんと付き合うてるってことですか？」

我知らず鋭い口調になってしまって、祐は自分自身に驚いた。

町が誰と付き合うてても、別にええやないか。

カノジョはいないし、作るつもりもないと言っていたが、あれだけ才能のあふれる男だ。しかもルックスも良い。運命的な出会いを果たせば付き合うこともあるだろう。

祐の過剰な反応をどう解釈したのか、隣に腰かけた岸部はいやいやと強く否定した。

「付き合ってないよ。町君本人が完全に否定したって聞いたしね。でも明後日発売の週刊誌に、付き合ってるんじゃないかっていう記事は出る」

「え、なんでですか」

「日暮サイドの売名行為みたい。日暮は町君が抜擢した経緯があるから、利用できるって思ったんだろうね」

「なるほど……」

祐は意識して落ち着いた声を出した。火のないところにも煙が立つのが芸能界だ。本当は付き合っていなくても、宣伝や売名目的で熱愛報道が出ることは知っている。

それで町は浮かん顔してたんか……。

しばらくの間、どこへ行ってもマスコミに日暮との熱愛について尋ねられるだろう。ただの知り合いですと答えればいいだけとはいえ、面倒なのは間違いない。

「今回は日暮サイドと話し合って、映画の宣伝として記事を載せることに決めたらしい」

岸部の言葉に、え、と声をあげる。

「マジですか」

「さっき佐藤さんがそう言ってた。才能のある女優さんなんだから売名なんかしないで、もっと大事に売ってあげた方がいいんじゃないかって、僕は思うけどね」

苦笑した岸部に、はあと祐は頷いた。

この打ち合わせが終わったら、大変やけどがんばれよ、と町にメールを送ってやろう。

それにしても、さっきのイラっとした感じは何やったんや……。

わけのわからない感情に首を傾げたそのとき、ドアがノックされた。はいと岸部と共に返事をすると、四十代半ばのチーフマネージャーが入ってくる。がっちりとした体格の彼に、お疲れ様ですと立ち上がって頭を下げた。

「おう、お疲れ。座っていいぞ。岸部、もう話したか?」

「いえ、まだです。チーフから話していただいた方がいいと思いまして」

そうか、と頷いたチーフマネージャーは祐の正面に腰を下ろした。机を挟んではいるが、小さな会議室なので距離は近い。

ええ話みたいやな。

厳しい表情を作ろうとしているようだが、口角がわずかに上がっている。

「まずは堂松、今日までお疲れ様。慣れない環境で大変だったと思うけど、よくやってくれた。スタッフの評判もいいし芸人の評判もいい。視聴率もいい。今のところ、東京進出は大成功だな」

ありがとうございます、と祐は頭を下げた。チーフマネージャーが認めてくれたということは、本当にうまくいっているのだ。

「町とのコンビがうまくいったのも、成功の理由のひとつだろう。おまえは町のこと、どう思ってる？　正直に話してくれ」

チーフマネージャーの真剣な口調に、祐も真面目に答える。

「ほんまに助けられたと思てます。町、君がフォローしてくれたから東京の笑いに馴染めました。視聴者にもすんなり受け入れてもらえた。町君と一緒の仕事を増やしてくれはって、感謝してます」

祐はもう一度頭を下げた。町に対するお世辞ではない。本心だ。仕事でもプライベートでも、彼がいてくれたから乗り切れた。

「じゃあ、これからも町と一緒の仕事を入れていいんだな？」

「はい、お願いします」

岸部とチーフマネージャーを交互に見つめ、頷いてみせる。

チーフマネージャーはニッコリ笑った。

「そうか、よかった。町は人当たりがいいし誰とでもうまくやれる反面、一匹狼みたいなところもあってね。特定の芸人とコンビみたいに扱われるのは好きじゃないはずなんだけど、堂松とはこれからもぜひ一緒に仕事がしたいって言ってるそうだ。よほど気が合ったんだな」

言われてみれば、町は様々な芸人と共演しているものの、特定の先輩芸人を慕うグループには属していない。自らも決まった後輩だけと親しくするのではなく、交友関係は広く持っている。

俺とちょっと似てるかも。

改めて親和性を感じていると、チーフマネージャーは落ち着いた口調で続けた。

「堂松と町の二人がＭＣでオファーがきてるんだ。プライムタイムのレギュラー番組で、おまえと町の名前が番組の名前に入る。どうだ、やれるか？」

「冠番組でＭＣですか……！」

腹の底が一瞬で熱くなった。そこから一気に力が湧きあがってくる。

東京に進出してからＭＣの仕事は一度もしていない。たとえ賞レースでの優勝という肩書きを持っていたとしても、大阪から出てきたばかりの芸人はイロモノ扱いされるのが常だ。ＭＣのオファーがあったということは、早くもイロモノ枠を抜けられたのだろう。

「やれます。やらせてください。よろしくお願いします！」

再び頭を下げると、岸部とチーフマネージャーはほっとしたように笑った。

「よし、じゃあ受けるぞ」

「僕にできることは何でも言ってね！」

嬉しそうに言った岸部に、ありがとうございますと礼を言う。岸部はロケや収録に同行するものの、仕事そのものに関してはあまり口を出してこない。どうやら祐の性格を鑑みて動いてくれているようだ。最初は戸惑ったが、今はありがたい存在である。

「町君にも今の話、しはったんですか？」

「いや、まだだろう。午前中はちょっとバタバタしてて、そっちの処理が優先だったから。今頃話してるんじゃないか？」

確かに先ほど洋食店で会ったときは、まだ知らなかったようだ。もし知っていたら、憂鬱な表情より歓喜の表情が勝っていたに違いない。はしゃいだ様子で、後で良い話があるから！と言ったはずだ。そしてきっと週刊誌の話ではなく、MCの話をメールしてくる。

そこまで想像して、祐ははたと我に返った。刹那、じわじわと顔が熱くなる。

町は現時点でMCのレギュラー番組をいくつも持っている。新たな冠番組が決まるのは嬉しいとしても、はしゃぐほどではないだろう。

――はしゃいでるんは俺か。

「堂松？　どうした」

怪訝(けげん)そうに尋ねてきたチーフマネージャーに、慌てて首を横に振る。

「いえ、何でもないです。がんばりますので、よろしくお願いします」

改めて頭を下げることで、祐は赤くなっているだろう顔を隠した。

俺、めちゃめちゃ恥ずかしいな……。


町に誘われ、彼のマンションを訪ねたのは翌日のことだ。仕事が終わった後、デパートに寄って話題の焼き菓子を買った。前に一緒に出た番組で紹介されていて、町が美味(おい)しそうと言っていたのを思い出したのだ。その表情から本当に食べたいと思っているのが伝わってきて、手土産に選んだ。

飯の後で一緒に食べようと町に渡すと、ありがとう！　と彼は顔を輝かせた。祐はほんと気が利くよな、嬉しいけどちょっと心配。心配て何が、と尋ねたものの、当の町がニコニコ笑って焼き菓子の箱を眺めていたので、まあええかと口を噤(つぐ)んだ。

「祐と冠番組を持てるなんて楽しみすぎる」

やはりニコニコ笑う町の端整な面立ちに、憂いの色はない。

ほんまに機嫌直したんやな……。

　昨日、チーフマネージャーを交えての打ち合わせの後、大変やけどがんばれとメールを送ると、怒ってないのか？　と返ってきた。なんで俺が怒るねん。不思議に思う一方で、実際にムッとしてしまったのでなんとも言えない気持ちになった。町には、アホか、とだけ返したのだが、なぜかそれで元気になったらしい。ニンニク抜きの餃子(ギョウザ)と溶き卵の中華スープを用意して待っていてくれた。

「打ち合わせは五日後だよな。ほんと楽しみ」

　餃子を食べながら重ねて言った町にああと頷き、祐も餃子を頬張(ほおば)った。ニンニクがたっぷり入った餃子も好きだが、ニンニクが入っていないこの餃子もあっさりとして旨(うま)い。

「この餃子旨い。俺、これ好きや」

「よかった。祐も僕も明日も仕事だろ。だからニンニク抜きで作ったんだ。かわりに生姜(しょうが)を多めに入れたんだけど、大丈夫だった？」

「ああ、マジで旨い」

　頷いてみせると、町はさも嬉しそうに笑った。

「明日、映画の宣伝の仕事があるんだ。いろいろ聞かれるだろうから面倒だなって思ってたけど、祐とご飯食べられてよかった」

「宣伝て、日暮さんも一緒か？」

　きつい言い方にならないように気を付けながら、慎重に日暮の名前を出す。

「いや、僕と監督さんだけ」

穏やかに答えてくれた町は、じっとこちらを見つめた。

「なんや」

「祐、日暮さんのファンなのかと思って」

「いや、大阪の後輩にファンがおるんや」

「その後輩、見る目あるよ。彼女、きれいだし才能あるから」

町の言葉に、祐は眉を上げた。一瞬、箸が止まる。

そういえば、無名に近い存在だった日暮を抜擢したのは町だった。

「俺は彼女の演技を見たことないからな」

「そうなんだ。一回は見た方がいいよ。目に力があって、画面を通して見るとハッとする」

めちゃめちゃ褒めるやんけ……。

町はもともと口数が多い男だ。仕事の場でもプライベートでも、どんな人に対しても、褒め言葉が湯水のように湧いてくる。もっとも、たまに辛辣な言葉も湧いてくるが。

しかし今、辛口な言葉はひとつも出てこない。

やたらとムカムカしてきて、祐は無言で餃子を頬張った。一方の町は淀みなく続ける。

「僕もオーディションの審査に参加してたんだけど、一目見てマイミ役にはこの人しかいないと思った。監督にもぴったりだって言われたよ。演技の勘が鋭いんだって。性格も素直ないい子らしいし、これからもっと売れるだろうな」

「素直なええコは売名せんやろ」

我知らず不機嫌な声が出た。

いやいや、どうした俺。なんでこんなムカついてんねん。

自分自身にツッこんだ祐は、瞬きをした町が口を開く前にゴホンと咳払いをした。

「まあ、売名したんは事務所の人間みたいやけど」

らしいな、と町は頷いた。祐の尖った物言いを気にした風はなく、なぜか上機嫌で言う。

「日暮さんの事務所、強引な売り方をすることで有名なんだ。どういう契約かわかんないけど、才能が潰される前に移籍した方がいいと思う」

「岸部さんも同じこと言うてはったわ」

「やっぱり。事務所って大事だよな。他の女優さんにはない華があるんだから、成功してほしいよ」

熱心な口調に、またムカムカした。不快さを必死で抑えつつ尋ねる。

「おまえ、日暮さんみたいな女が好みなんか」

「どうだろう。きれいだとは思うけど。まあでも嫌いなタイプだったら抜擢しないかな」

そうか、と頷いた祐は一向に治まらない苛立ちを消すために卵のスープを飲むことにした。

箸を下ろして蓮華を手にとり、スープをすくって口に含む。優しい味だ。

思わずほっと息をついていると、町の視線を感じた。頬を撫でられたような錯覚を覚えて顔をあげる。

町はなぜかさも嬉しそうに笑っていた。こちらを見つめる切れ長の目は柔らかく細められている。

ドキ、と心臓が跳ねた。それをごまかそうと、また咳払いをする。

「なんや。言いたいことがあるんやったら言え」

「いや、美味しそうに食べるなと思って。そのスープ、気に入った?」

「ああ、気に入った。また食べたい」

「そっか。じゃあまた作るよ」

町は笑顔のまま頷いて、餃子を頬張った。

祐も餃子に箸を伸ばす。ほんの少しましにはなったものの、まだ胸の奥はムカムカしていた。

ロケに収録に取材にと忙しくしている間に、冠番組の打ち合わせの日がやってきた。昼食を済ませた後、岸部と共にテレビ局の会議室へ向かう。

町と佐藤は先に来ていた。佐藤は苦虫を嚙み潰した顔で町に何やら説教していたようだが、町本人はどこ吹く風だ。

　おはようございますと二人に挨拶をした祐は、町の隣にバッグを下ろした。

「お疲れ」

「お疲れ。そのコート似合ってるな。さすが僕が選んだだけあってカッコイイ」

「結局自分を褒めたいだけか」

　文句を言ったものの、町が本心から似合うと思っているのがわかっているので腹は立たなかった。祐が着ている黒のコートは町の番組――前に化粧水を紹介した番組だ――に出演したとき、町が選んだ衣装である。スタッフの評判が良かったし、何より昼間も気温が下がってきて薄手のコートがほしいと思っていたところだったので買い取った。そのコートを脱いで町の隣に腰を下ろす。

　ちらと見遣った町は機嫌がよさそうだった。あちこちで日暮紫乃との熱愛について聞かれているが、苦にしていないらしい。

　視線に気付いたのか、祐、と町が声を潜めて呼んだ。

「映画の宣伝のインタビュー見てくれた？　各局のワイドショーで流れてたと思うけど」

　そのインタビューなら昨夜、深夜の情報番組で見た。映画の話もそこそこに日暮との関係を問い質す芸能リポーターに、冗談っぽくではあるが、付き合えるんだったら付き合いたいですよーと答えていた。祐は思わず、てめえこの野郎！　と画面に毒づいた。

いやいやいや、俺もなんで、てめえこの野郎、やねん、と己にツッこんだものの、なぜか胸の辺りはムカムカしたままだった。今も思い出しただけでムッとする。

なんでわざわざ俺にインタビューの話題をふってくるんや。

「なあ、見た?」

祐が無言だったせいだろう、町は重ねて尋ねてきた。祐は仕方なく頷く。

「……見た」

「どうだった?」

「どうもこうも。やっぱりチャラいて思た」

我知らず不機嫌な低い声になってしまって慌てる。

が、町は少しも気にしなかったようだ。ニコニコと嬉しそうな笑みを浮かべた。

「えー、ひどいな。付き合えるんだったら付き合いたいって仮定の話をしただけだから、別にチャラくないだろ」

「アホか。チャラいわ」

一向に去らないもやもやした気持ちを持て余していると、祐、と町が全開の笑顔で声をかけてきた。

「この打ち合わせの後、予定ある?」

「いや、今日はこれで終わりやけど」

「じゃあ久しぶりに二人で飲みに行かないか？」

「久しぶりて、この前おまえんちで飯食うたやないか」

「あれはおうちでー、ご飯だろ。飲みで二人は久しぶりだし」

おうちでー、ってなんでそこだけ語尾を伸ばすねん　とツッこもうとしたとき、ドアがノックされた。

おはようございます、という挨拶と共に入ってきたのは恰幅の良い男と痩せぎすで眼鏡をかけた男だった。二人とも別のバラエティ番組で顔を合わせたことがある。太った男がチーフディレクターで、痩せた男が構成作家だ。

ちなみにディレクターは現場の総監督のような存在である。対してプロデューサーは予算や人事、スケジュールの管理まで行う番組の総責任者だ。

祐と町だけでなく、佐藤と岸部も立ち上がり、おはようございますと頭を下げた。

「お待たせしました、どうぞかけてください」

ディレクターが上機嫌で促してきたので、失礼しますと断って再び腰かけた。

「オファーを受けてくださってありがとうございます！　私、チーフディレクターの磯田です。よろしくお願いします」

挨拶をした磯田がA４の冊子を祐たち四人に配り始める。今回の番組の台本のようだ。

その間に、もう一人の男が頭を下げた。

「作家の小川です。よろしくお願いします」

「プロデューサーの牧野は前の仕事が長引いてしまいまして。後でご挨拶に伺うと先ほど連絡がありました。すみません。先に始めさせてもらいますね」

磯田と小川は祐たちの正面に腰かけた。よろしくお願いします、と応じて冊子を手にとる。なかなか分厚い。

「マネージャーさんから聞いてると思いますけど、今回の番組は平たく言うと科学番組です。各分野の研究の最先端を、Vと専門家の先生の解説でわかりやすく紹介してもらいます。芸人さんをゲストに呼ぶこともありますので」

ディレクターの話を聞きながら台本をめくった祐は顔をしかめた。

芸人の出演者は町と祐の他、各週でゲストが一人か二人くる。ドラマや映画の宣伝目的で俳優やアイドルが来ることもあるようだ。

けどこの台本やと、進行してるんは町だけや。

祐はボケたりツッコんだりと茶々を入れるのみで、MCの役割を果たしていない。「まわす」のではなく「まわされている」。別の言い方をすれば「いじられている」だけだ。更にページをめくるが、中盤になっても同じようなやりとりが続いていた。

自らもひな壇にいてMCにいじられながら、MCの意向を汲んで他の芸人をおもしろくする、いわゆる「裏まわし」の役割を負う芸人もいる。が、今回は大勢の芸人が出演するわけではないから「裏まわし」ですらない。

町とは反対側の隣に腰かけている岸部もそのことに気付いたらしく、眉を寄せた。一瞬、視線が合う。

おかしいよね、この台本。

目顔で問われて小さく頷いてみせる。頷き返してくれた岸部はディレクターの説明が途切れた隙をついて、すみませんと声をあげた。

「こちらの台本だと、堂松はMCではないように書かれているんですが」

落ち着いた口調に、ディレクターは瞬きをした。

「そうですか？　堂松さんにボケてもらって、町さんにいじってもらうことで番組が進行していきますから、大事な役割ですよ」

「大事なのはわかります。でもそれはMCの役割ではないですよね。へたしたらゲストの芸人と変わらないんじゃないですか？」

幾分か強い物言いに、ディレクターは笑みを浮かべて応じる。

「いえいえ、全然違いますよ。町さんと堂松さんが絡むからおもしろいんじゃないですか。お二人の組み合わせじゃないと成立しません」

祐の気持ちを代弁してくれる岸部に感謝の気持ちが湧いた。ずっと傍にいる分、祐をよく見てくれているようだ。

一方で、ディレクターの言い分には苛立ちがつのる。

結局、MCていうんは名ばかりで、俺はただのいじられ要員てことか……。

祐は膝の上で拳を握りしめた。隣に腰かけた町が心配そうに見つめてくるのがわかる。気遣わしげな眼差しが、今は憐れまれているように感じられて神経に障った。

おまえに同情される筋合いはない。

「ちょっと、一旦落ち着きましょう。このまま話してても結論は出なそうだ」

平行線をたどるディレクターと岸部の話し合いに割って入ったのは佐藤だった。岸部より年上で、なおかつ業界では名の知れた佐藤の言葉に、ディレクターは渋々頷く。岸部も口を噤んだ。

佐藤はまず磯田に視線を向けた。

「磯田さんは、この台本の路線でいきたいわけですよね」

「ええ、まあそうですね」

頷いた磯田の横で、構成作家の小川が何か言いたそうな顔をする。が、結局口を開くことはなく黙ったままだった。

佐藤の視線が、今度は祐に向けられた。

「堂松は、もっとMCらしいMCをしたい、ていうことでいいかな？」

「……はい」

大阪にいた頃と同じように、とまでは思わない。東京へ出てきてまだ三ヵ月足らずだ。そこまで図々しくはない。

しかしMCとは名ばかりで、ただいじられるだけの役割はごめんだ。

「どうでしょう、磯田さん。もう少し堂松にMCの役割を振ってもらえませんか。彼は大阪でいくつもMCをこなしてました。癖の強いゲストもうまく転がして番組をまわしてきた。全国でも充分通じると思いますよ」

佐藤の落ち着いた物言いに、うーんと磯田はうなる。

「佐藤さんがおっしゃるならそうなんでしょうけど……。視聴者が求めてるのは町さんのMCなんです。それを盛り上げる役として堂松さんがほしいんですよ。大阪と東京では求められるものが違って当然だと思いますが」

要するに、主役はあくまで町ということだ。もしかすると、町のバーター――売れっ子のスケジュールを提供するかわりに、売れっ子と同じ事務所の誰かを出演させること――も同然だと思われているのかもしれない。

当然か。東京では実績も知名度も、町の方が遥かに上だ。それに実際、町にはMCの才能がある。祐も何度も助けられた。

けど、俺にMCの才能がないみたいに言われるんは納得がいかん。

「どうする、堂松」

佐藤に尋ねられ、祐は深く息を吐いた。ここで感情のままに怒っても、何の解決にもならないどころか、これから先の他の仕事にまで支障が出てしまう。

「すんません。わがままなんは重々わかってるんですけど、ちょっとだけ、お時間いただけませんか」

できるだけ抑えた声で言うと、磯田は渋い顔をした。

「あー……、でもスケジュールがなあ」

「三日ぐらいなら大丈夫じゃないですか？」

横から遠慮がちに口を開いたのは、構成作家の小川だった。

「プロデューサーさんには、僕から話をしておきますから」

「しかし……」

「こちらもどうしたらもっと番組がおもしろくなるか、もう少し考えてみてもいいんじゃないでしょうか。町さんの他の番組との差別化を図る、良い機会だと思います」

小川の言葉に、磯田はまたうなった。その磯田に、お願いしますと岸部が頭を下げる。

「少しだけ、お時間ください」

お願いします、と祐も頭を下げた。机に額がつくほど深く頭を下げたのは、もちろん本当に時間がほしかったのもある。しかし本音では悔しさで歪む顔を、この場にいる全員——特に町に見られたくなかったからだ。

「あ、これ美味しい。祐も食べろよ」

ニコニコと笑みを浮かべる町に、祐は難しい顔でああと頷いた。

テーブルに置かれているのは、いなり寿司とすまし汁だ。どちらも町の手作りではなく店で買ったものである。

場所は町のマンションのキッチンだ。飲みに行く気になれないから、と帰ろうとしたが、じゃあ何か買って帰ってうちで飲もう、と引き止められた。町が祐と話をしたがっていると察したらしく、岸部も佐藤も止めなかった。それどころか、岸部は有名店のいなり寿司を買ってきて持たせてくれた。

正直、今はそっとしておいてほしいが、猶予（ゆうよ）された期間は三日だけだ。祐が今回の仕事を断れば、へたをすると町の仕事もふいにしてしまうかもしれない。そのことを考えても、話し合えるときに話し合っておいた方がいい。

頭ではわかってるんやけど……。

祐は無言でいなり寿司を頬張った。甘辛（あまから）い油揚（あぶらあ）げと、細かく刻（きざ）んだ人参や椎茸（しいたけ）、ごまがたっぷり入った酢飯（すめし）は旨いはずだ。

しかし正面で同じくいなり寿司を食べている男のせいで、ほとんど味がしない。

コンビを組んでいるなら、話をしないと仕方ないと割り切れたかもしれない。けど、まだムカムカが治まってへん状態で、コンビでもない奴と話すのはきつい。

町と一緒に仕事をするようになって、助け合えるコンビの良さを痛感した。一人ではできないことができておもしろかったし、ありがたいとも思った。

が、所詮はかりそめのコンビだ。祐も町もピンである。つまり、もともとはライバルなのだ。そのライバルに気を遣われている現状にも苛立ちがつのる。

町はといえば、特に気まずそうな様子もなく首を傾げた。

「あれ、美味しくなかった？」

「……いや、旨い」

「だよな。僕、外で買うんだったら、このお店のいなり寿司が一番好きなんだ。たまに差し入れに使ったりもする」

へえ、と一応相づちを打つ。気のない返事をどう思ったのか、町はじっと見つめてきた。

「今日の仕事、断ろうと思ってる？」

いきなり核心を突かれて言葉につまる。が、黙っていても仕方がないので、どうにかこうにか低い声を絞り出した。

「……まだわからん」

「確かに祐が大阪でやってたようなMCとは違うけど、僕はああいうのもアリだと思う」

「ああいうのてどういうのや」

「MCに匹敵するっていうか、MCと張るボケっていうか。オレンジグミさんのMCがそれに近いと思う。滝本さんがまわして都留さんがボケてるように見えるけど、実は都留さんが軌道修正してるだろ。そういう感じのMCもアリじゃないか？」

『オレンジグミ』は漫才も、ぽやんとした都留のボケに、滝本がキリキリツッこむスタイルだ。しかしよく注意して見ると、都留が全体の流れをコントロールしているとわかる。そうした『オレンジグミ』というコンビの本質を見抜いている者は、同業者の中でもそれほど多くない。町が笑いの分析力に長けている証拠だ。

普段なら『オレンジグミ』のMCについて、もっと話したいと思っただろう。

しかし今はお笑い談義をしている場合ではない。祐は町をまっすぐに見つめた。

「おまえの言いたいことはわかる。けどオレンジグミさんと俺らとでは根本が違う。オレンジグミさんはコンビで、俺らはそれぞれピンの芸人や。二人一緒に評価されることはない。ただおまえのまわしがうまいていう評価になるだけや」

「そんなことないと思うけど。現に一緒の仕事が増えてきてるだろ」

「それはロケとかひな壇とかパネラーの仕事やろ。現場を盛り上げるんが仕事や。MCとは違う」

できるだけ感情を抑えて話そうとするものの、どうしても不機嫌が声に出てしまう。

一方の町は、あくまでも冷静に尋ねてきた。

「いじられるのが嫌ってこと？」

「いじられるMCて聞いたことないやろが。言うとくけどコンビは別やぞ。コンビにはもともとボケとツッコミていう役割がある。それに沿うて役割分担してるだけや。いじられてるだけのピン芸人に、MCの仕事は来ん」

「じゃあ、いじられてるだけじゃないところを見せればいい」

「簡単に言うな。番組の進行が芸人の裁量に任せられてる大阪と違て、こっちは縛りがきつい。台本から外れすぎたら、何しよるかわからんて思われて使てもらえんようになる」

「でも台本通りは嫌なんだろ。だったらディレクターさんともう一回話し合って、まわす方に力を入れた内容にしてもらうか、あのままでMCのやり方を考えるしかない」

町の言う通りだ。実際問題、祐は仕事を断れる立場にはない。

しかしここで折れたら、ただの賑やかしとして消費されてしまう可能性が高くなる。二度と、とまでは言わないが、恐らく数年はMCの仕事はまわってこないだろう。

黙り込んでしまった祐に、大丈夫だって、と町は優しい声で言った。

「僕も協力するから、一緒にがんばろう」

励ます物言いに、ムッとする。

めちゃめちゃ余裕やないか……。

所詮、祐は己のバーターだと高をくっているのか。どう転んでも自分は安泰だと思っているのか。どちらにせよ、対等な存在として見られていないようだ。

怒りなのか羞恥なのか情けなさなのか、どれともつかない強い感情が胸を圧迫して、祐は思わず箸を置いた。食事の途中だが、とてもこれ以上食べる気になれない。——町と一緒にいたくない。

「……ごちそうさん。帰るわ」

「え、なんで？　話はまだ終わってないだろ。ちょっと待って、祐」

席を立ち、コートを手にとると、町が慌てたように追いかけてきた。

「全部は無理かもしれないけど、僕も祐がやりたいことをやれるようにディレクターさんに話をしてみる」

から、という語尾を最後まで聞かず、余計なことすんな！　と祐は怒鳴った。

「おまえに言われたら折れはるかもしれん。ていうか、おまえのスケジュールをとるために、進んで言うこと聞かはるやろ。そんなんで思う通りの仕事をもらえても意味ない」

早口で言うと、町は一瞬、目を見開いた。瞳の奥に傷ついたような色と自嘲の色がよぎる。

初めて見るその色に、なぜかズキ、と胸が痛んだ。

が、すぐに生身の感情は隠れてしまった。今度は迷いのない瞳でまっすぐに見つめてくる。

「きっかけとか方法なんか何でもいいじゃないか。この業界、多少のハッタリはあって当然だし、結果が全てだ。結果を出せばいい」

「その結果がおまえがらみでは意味がないて言うてんねん」

「なんでだよ。そんなのこだわらなくていいだろ。祐がちゃんとまわせること、わかる人にはちゃんとわかるはずだ」

「わからへんから今日みたいなことになったんやろが」

「東京ではMCはまだやってないって祐が言ったんだろ。そりゃわかんないに決まってる、見てないんだから。とにかくやれることからやってかないと」

真剣な口調だったが、素直に受け取れなかった。

そやかてこいつは盤石(ばんじゃく)な場所におる。そこから俺を見下ろしてる。

なにしろ機転がきいて口がうまい男だ。本心を言っているかどうかわからない。

全部映画の宣伝だから。

なぜかふいに町からきたメッセージが頭に浮かんだ。

付き合えるんだったら付き合いたいですよー。

芸能リポーターが差し出したマイクに向かって、笑顔で答えていた。

どちらが本当だ。いや、どちらも嘘なのか。

怒りや情けなさとは別に、猛烈な苛立ちが湧きあがってくる。激情とも言えるそれに突き動かされ、祐は無言で踵を返した。

「祐!」

呼ばれるなり手首をつかまれた。ただでさえ沸騰していた頭にカッと血が上る。祐は咄嗟に町の手を振り払った。

「触んな! 適当なことばっかり言いやがって! そんなにあの女と付き合いたいんやったら、付き合うたらええやろ!」

町の顔を見ずに怒鳴って、そのまま早足でキッチンを出る。乱暴に靴をひっかけて外へ飛び出したが、町は追いかけてこなかった。


翌日は雑誌の取材がいくつかと教養番組のロケが一本、そして打ち合わせがあった。幸か不幸か、町と一緒の仕事はなかった。

まあ、明日はまたアジタさんの番組で一緒になるんやけどな……。

東京へ進出して最初に出演させてもらった『アジタート』の番組に、また呼んでもらえたのだ。昨日までは楽しみだったが、町と喧嘩をしてしまった今はさすがに気が重い。

「今日のロケ、凄く良かったよ。番組の穏やかな雰囲気を壊さないで、でも堂松君らしいとこ

ろも出てた」

隣を歩く岸部に褒められ、ありがとうございますと礼を言う。

今し方までロケに出ていたのは、『オレンジグミ』がMCの園芸番組兼料理番組だ。始まって五年ほど経つが、安定した視聴率を保っている。基本は『オレンジグミ』の二人だけでやっているものの、年に数回ゲストを迎える回があり、祐はこのゲストとして呼ばれた。

番組のほんわかしたテイストを壊さないように柔らかい言葉遣いを心がけた。更に、沈黙を恐れず無闇にツッこむことはしなかった。

「あれだけ臨機応変に対応できるんだから、MCだって何だってやれるよね」

岸部がつぶやくように言う。今回の一件で唯一良かったのは、岸部が真剣に祐の将来を考えてくれているとわかったことだ。

岸部とは、今朝ロケ地の畑へ行く前に話し合った。ディレクターが提示したスタンスでいくのは、やはり断ることにした。が、全てを嫌だと突っぱねてしまうのではなく、もう一度話し合って妥協点を見つけ、受け入れるところは受け入れると決めた。

全部嫌やて言えるほど、俺にはまだ力がない。

町と話はできたかと岸部に尋ねられ、ちょっと言い合いになってしまいましたとだけ答えた。岸部は困った顔をしたものの、それ以上は聞いてこなかった。芸人同士のやりとりだ。必要以上に首を突っ込まない方がいいと判断したのかもしれない。

一晩経っても、町への怒りと苛立ちは治まらなかった。ベッドに入って瞼を閉じると、彼の傷ついたような目が脳裏に浮かんだ。が、それはすぐに芸能リポーターに向けられた笑顔にとってかわった。付き合えるんだったら付き合いたいですよー。なぜかその言葉がぐるぐると頭の中をまわって、余計にムカムカした。

今朝になってスマホをチェックしてみたが、町から連絡はなかった。こちらからも連絡しなかったので喧嘩別れしたままだ。

俺は悪うない。悪いのは、俺を見下した町や。

「堂松」

楽屋へと続く廊下を力なく歩いていると、背後から声をかけられた。歩いてきたのは『オレンジグミ』の滝本だ。岸部にも頭を下げる。

今日はありがとうございました、と返した岸部は、先に楽屋へ行ってるね、と告げて歩き出した。滝本から声をかけてきたのだ。祐と二人だけで話したいのだと察したらしい。

お疲れ様ですと頭を下げると、滝本もお疲れと返してくれた。整った凛々しい面立ちに笑みが浮かぶ。

「今日のロケ、良かったぞ。都留も楽しかったて言うてた」

ありがとうございますと礼を言う。畑に植えた作物の世話をする都留は楽しそうだった。滝本もスタジオにいるときよりリラックスしていた気がする。とはいえ二人で完成された穏やかな空間に入るのは、正直難しかった。

岸部さんもやけど、ＭＣの滝本さんと都留さんに良かったて言うてもらえたていうことは、あれで良かったんや。

そうや。俺は一人でも充分やれる。

改めて確信を持っていると、ただ、と滝本は続けた。

「都留がおまえが疲れてるんとちゃうかて心配しとった。東京に出てきてからずっと出ずっぱりやけど、ちゃんと休んでるか？」

ドキ、と心臓が跳ねた。都留と滝本には寝不足を見抜かれていたようだ。

「大丈夫です。それなりに休んでます」

「ほんまか。大事な時期やと思うけど無理すんなよ。都留が心配するからな。都留と連絡先交換したんやろ。後でメールしとけ」

「はい、ありがとうございます」

真面目な顔をしている滝本に礼を言った祐は、笑い出しそうになるのをどうにか堪(こら)えた。

俺の心配をしてくれてはるんもほんまなんやろうけど、滝本さんはそれより何より、都留さんが心配するんが嫌なんや。

コンビなんやなと改めて思う。

——俺と町とは違う。

祐自身、町に頼りすぎていたかもしれない。だから町も自分が何とかしてやらなくてはと勘違いしてしまったのではないか。

一人でもやれるところを見せなくてはいけない。そうすればきっと、町も祐を対等の存在だと見なすだろう。

そんな風に考えても、なぜかもやもやとした気持ちは晴れなかった。


『アジタート』の番組の収録は、あっという間にやってきた。

『アジタート』の楽屋へ挨拶に行くと、そこにいたのはマネージャーだけだった。なんと荒木と坪内がそろってインフルエンザに罹ってしまい、収録に来られなくなったという。そこで急遽町がMCを担当することになったと聞かされた。

ムッとしたものの、もちろん顔には出さなかった。町は番組のレギュラーだ。代役に選ばれて当然である。堂松も協力頼む、とマネージャーに言われてはいと返事をした。

次に『ゼブラ』の楽屋へ行った。こちらは二人そろっていたものの、挨拶以外の会話はなかった。祐が東京へ出てきて約三ヵ月。既に仕事量は彼らをはるかに上回っている。そのことがおもしろくないのだろう。

最後に渋々町の楽屋を訪ねたが、誰もいなかった。スタッフと打ち合わせをするために早々にスタジオへ入ったらしい。『ゼブラ』の楽屋を訪れている間に、入れ違いになったようだ。

良かったんか、悪かったんか……。

昨日も町から連絡はなかった。何度もスマホを確認する自分自身にイライラしてしまった。

今日、共演することを考えれば、こちらからひとことでも送った方がよかったのだろう。が、芸能リポーター相手ににこやかに応対する顔がどうしても脳裏から離れず、連絡する気になれなかった。

前室でマイクをつけてもらっている間にスタッフがやってきて、今日の進行の説明をした。基本は台本通りに進めるが、町のフォローをしてほしいという。もちろんですと祐は頷いた。町と仲違い(なかたが)いしたことと『アジタート』の番組は全く関係ない。『アジタート』がいなくても、否(いな)、いないからこそおもしろいものにしなくてはいけない。

想定外のことが起きたからだろう、バタバタと走りまわるスタッフたちを横目に、祐はスタジオへ向かった。おはようございますと挨拶をして中を見渡す。

町はまだセットの外にいた。真剣な面持ちでディレクターやカメラマンと打ち合わせをしている。こげ茶色のスーツを着こなした町のスラリとした立ち姿に、ズキ、と胸が痛んだ。

たった一日会わなかっただけなのに、随分と長く会っていない気がする。今までにも一日くらい顔を合わせないことはあったが、メールや電話をしていたので、感覚的には毎日会っているのと変わらなかった。

毎日一緒におっても、全然嫌やなかったな。

つらつらと振り返りつつゲストの席に腰を下ろす。少し遅れて『ゼブラ』も席についた。スタッフとの打ち合わせを終えた町もセットの中に入る。

前回と同様、町は祐の隣に腰を下ろした。一瞬、目が合う。ドキ、とまたしても心臓が跳ねた。その反応を悟られないように頭を下げる。

すると町も少し頬を緩めて応じた。すぐ目をそらしたので、彼がその後どういう表情をしたのかはわからなかった。

ほどなくしてディレクターが慌ただしく前に出てきた。

「今日はアジタートのお二人はインフルでお休みです。かわりに町さんにMCをやってもらうことになりましたので、皆さん、よろしくお願いします」

ディレクターの言葉を受け、町は立ち上がってよろしくお願しますと頭を下げた。急にMCを頼まれたにもかかわらず動揺した様子はない。冷静で穏やかな口調だ。

感心すると同時に、やはりムカついた。

なんやねん、俺と喧嘩したことはどうでもええんか。

――そらどうでもええやろ。

どうでもよくなくても、ここで態度に出すようではプロとは言えない。仕事に私情を持ち込まない町は立派だ。そうは思うものの、やはりもやもやする。

すっきりしない気持ちのまま、収録はスタートした。今回のテーマは「クリスマス」だ。放送予定が十二月中旬なので、タイムリーな話題である。

まずは去年のクリスマスをどうすごしたか、から話に入った。一昨年に結婚した『ゼブラ』の山尻は、奥さんとホテルディナーへ行ったという。羨ましいです、豆腐の角に頭ぶつけて後頭部がどろどろになればいいのに、と町に爽やかに毒を吐かれていた。

一方の白鳥は恋人が仕事だったので一人ですごしたらしい。

「もしかしてふられたんじゃ……」

同情の眼差しを向けた町に、白鳥は眉を寄せる。

「違う、ふられてない。今も付き合ってるし」

「付き合うて長いんですか?」

合いの手を入れたのは、話す人数が少ないからだ。本当なら『アジタート』の坪内か荒木がする質問を誰かがしなければ、番組は円滑に進行しない。

内心ではおもしろくなかったかもしれないが、白鳥は無視せずに答えた。

「もう八年になるかな」

「うわ、長い。結婚しはったらええのに」

そう思うよな、と町がやりとりに入ってくる。

「僕も結婚しないんですかって何回も言ってるんだけど、はっきりしなくて」

「人のことは放っとけよ。町こそカノジョいないって言ってるけど、ほんとはいるんだろ」

「いやいや、ほんとにいませんよ」

「この前の週刊誌にカノジョらしき人が載ってたけどそれは」

祐は間を置かずにツッこんだ。町が眉を下げて情けない顔をしたので、どっと笑いが起きる。

週刊誌の件に触れてもいいか、佐藤に確認済みだ。今が話題に出すタイミングだと読んで口にしたのはもちろんだが、町がどう返すかにも興味があった。

「だからあの食事会には、映画のスタッフさんも一緒にいたんだって！」

ふざけ半分の焦った口調だったが、祐を見る眼差しは真剣だった。本当にガセなんだ。彼女と付き合いたいっていうのも嘘。リップサービスだから。そんな思いが伝わってくる。

「まあでも、嘘でも付き合ってますって言っちゃおうかなって思ったけど。それきっかけでなんとかなるかもしれないし」

「なんともならんわアホ。各方面から鼻血が出るほど怒られるぞ」

冷たく応じると、また笑いが起きる。町は大袈裟に、ええ、と声をあげた。

「鼻血は嫌だ。だから言わなかったんだろ」

町はむくれた。クールな印象が強い彼が、カメラの前でこんな顔をするのは珍しい。

祐はハッとした。

町は敢えていじられ役になっている。祐がまわせることを、この場にいるスタッフだけでなく、視聴者や他のテレビ局のスタッフにも伝えるために。

俺のためめか。それとも自分のためか？

いずれにせよ、祐のまわしの能力を信頼していなければできないことだ。

刹那(せつな)、胸が熱くなった。たちまち全身に浸透したその熱が、苛立ちやわだかまりを溶かしていく。

町はじろりと祐をにらんだ。

「そう言う堂松はカノジョいないのか？」

「おらん」

「怪しいな。ほんとは大阪に残してきたカノジョがいるんじゃないの？」

「おらんて言うてるやろ。ああ、話題がクリスマスからそれてるなあ。ほな次、最近のやためったら予約の時期が早いクリスマスケーキについてどない思いますか、山尻さん。なんぼなんでも九月から予約するんは早すぎますよねぇ」

わざと濃い関西弁を使ったのは思いつきだが、クリスマスケーキの話題をふったこと自体は思いつきではなかった。進行表に従(したが)ったまでだ。

「堂松、今ごまかすためにナニワ感を利用しただろ」

山尻ではなく町がツッこんできたので、しれっとかわす。

「利用するも何も、俺はナニワ出身や。俺は去年、芸人仲間とクリスマス会をしたんですけど、ケーキは買いませんでした」

「え、なんで？」

尋ねたのは白鳥ではなく山尻だった。純粋に疑問だったらしい。

「クリスマスすぎたら値下がりするもんを、なんでたっかい金出して買わんとあかんのですか。日付変わってから奮発してコンビニで三つ買いましたよ」

嘘ではない。本当のことだ。予約してひとつ買うんと、深夜に三つ買うんとどっちがええ？と仲間に聞いて後者になった。

ケチなんだか気前がいいんだか、と町がつぶやく。

「ケーキぐらい予約して買えばいいのに。しかもクリスマスがテーマなのにナニワ感が凄くて、クリスマスがメインなのかナニワがメインなのかわかんなくなってる……」

「さっきからナニワナニワうるっさいねん。そう言うおまえはどうなんや。高級な店の限定品を予約してそうやな」

「え、予約はしてないよ。クリスマスは仕事でボッチだったから。僕の実情なんてそんなもんすよ」

「お、おう。なんかごめんな」

自棄気味な物言いに真面目に謝ると、また笑いが湧いた。それから本格的にクリスマスケーキの話題に移る。白鳥は町に話をふられたとき以外にも、何度か町と祐のやりとりに割り込もうとしたが、あまりに息が合っているので入れないようだった。

洋菓子メーカーが実施したアンケートの結果などを交え、町は軽快に番組をまわした。いじられる場面ももちろんあったが、いじる場面も同じくらいあった。どちらにしても、ポンポンと返ってくる反応がひどく心地好かった。

収録が終わる頃には、『ゼブラ』の二人はあきらめたような顔をしていた。ほとんど笑いがとれなかったのだ。もちろん、彼らの邪魔をしたわけではない。祐と町がふっても機転をきかせることができなかった。印象に残るフレーズを生み出すこともできなかった。笑いをとったのは主に祐だった。

結局俺は、町に助けられた。

憑き物が落ちたように素直にそう思えたのは、彼に信頼されていることが身に染みてわかったからだ。大阪でも祐を信頼して任せてくれる芸人やスタッフは大勢いたが、こんな風に胸が熱くなったことはない。

不思議や。町は特別ってことなんやろか。

祐はディレクターと笑顔で話している町に歩み寄った。祐の気配に気付いた二人はこちらを振り返る。が、町はすぐ視線をそらしてしまった。堂松、と声をかけてきたのはディレクターだ。

「今日、凄くおもしろかったよ。アジタがいなくてどうなることかと思ったけど、助かった」

「ありがとうございます」

丁寧に礼を言うと、彼は満足げに頷いた。そして祐と町の肩を、お疲れ様と軽く叩いて去っていく。今度は佐藤と岸部に歩み寄り、にこやかに話し出した。

ディレクターを見送っている町に、祐はまっすぐ視線を向けた。町、と呼ぶと、彼は広い肩をわずかに震わせる。

珍しく緊張しているのが伝わってきた。収録中より硬くなっているかもしれない。

「今日はありがとう。それから、この前はいろいろ勝手なこと言うて悪かった」

ゆっくりとした口調で、真摯(しんし)に謝罪する。

町は恐る恐るこちらを見下ろした。

「もう怒ってないのか……?」

「それはこっちのセリフや。もう怒ってへんのか」

「僕は最初から怒ってない」

首を横に振った町は、緊張の面持(おもも)ちのまま言った。

「祐に聞いてほしい大事な話があるんだ。これからうちに来てくれる?」

「俺はええけど、おまえ仕事は?」

「今日はこの収録で終わりだから大丈夫」

「そうか。そしたらお邪魔するわ」

こちらも改めて礼を言いたい。それに収録中に感じた心地好さと高揚感についても話したい。

そう思って頷いたものの、町は少しも表情を緩めなかった。

ニコリともせんて、大事な話て何や。

にわかに不安になってきて、祐もぎくしゃくとスタジオを後にした。


町のマンションへ戻る前に『アジタート』の二人にお見舞いメールを送った。予防注射のおかげで高熱は出なかったらしく、今日はすまん、助かった、とどちらからもすぐに返信があった。

「坪内さんも荒木さんも、たいしたことなくてよかったな」

祐の言葉に、町はうんと頷いた。いつも明るい笑みを浮かべている端整な面立ちは、硬い表情に覆われたままだ。

まだ緊張しとる……。

テーブルの上にあるのは、既に空になったピザの紙容器とビン入りのプリンだ。ピザを食べている間も、町はあまり口をきかなかった。

ちなみにピザは帰り道にテイクアウトしたが、プリンは町が取り寄せておいたものである。番組で紹介されたのを見て、食べたいとつぶやいたのを覚えていてくれたようだ。

前に俺もこいつが食べたい言うてた焼き菓子を持ってってったけど、嬉しいもんやな。

しかし町が一向に肩の力を抜かないので、その嬉しさに浸りきれない。

ほんま、大事な話て何やねん。

まさか、祐と一緒にMCはできないと思ったのだろうか。今日の収録がこれ以上ないほどうまくいったのは確かだが、毎週となると疲れると感じたのかもしれない。それとも、心地好かったのは祐だけで、町はそうではなかったのか。

あれこれ考えているうちにどんどん不安が増してきた。せっかくのプリンの味もよくわからなくなってくる。

「ちょっと、確認したいんだけど」

こちらから話をふるのも怖い気がして黙っていると、意を決したように、祐、と呼ばれた。

「……なんや」

「祐はなんで怒ったんだ?」

「なんでて……」

祐は正面にいる町から、わずかに視線をそらした。

「俺は、おまえに下に見られてると思たんや。助けるとか協力するとか聞こえはええけど、俺がおまえを助けることはないんやから対等やないやろ。今日の収録で、ちゃんと信頼してくれてるてわかったけど」

「怒った理由はそれだけ？」

「それだけて、それだけや」

顔を上げられなくて上目遣いで見ると、町はやはり真剣な顔をしていた。

「僕の手を振り払ったとき、日暮さんと付き合えばいいって言っただろ。だから日暮さんのことで何かあったのかと思って」

なんで今急に日暮の話題を出すねん。

脳裏に浮かんだのは、町と日暮が並んで歩いているスクープ写真だ。芸能リポーターに笑顔で答える町の顔も思い出された。

町のマンションを飛び出す直前にも脳裏に浮かんだそれらは、消えたはずのもやもやをあっという間に甦(よみがえ)らせる。

なんやこれは……。

祐は咄嗟(とっさ)に町から目をそらした。

「別に何もない」

「ほんとに？」

「ほんまや」

謝った。


「ほんとに何もない？」

「しつこいな。何もないっちゅうてるやろ」

わけのわからない苛々を見透かされそうで、意識してきつくにらむと、ごめんと町は慌てて謝った。

「僕が日暮さんを褒めたのは、祐が不機嫌になったからだ。嬉しくて必要以上に褒めちゃった」

「は？　俺を不機嫌にさしたかったたんか？」

「そうだけど、そうじゃない」

禅問答のような答えに、は？　と祐はまた声をあげた。人が真面目に話しているのに、この期に及んでからかっているのか。

不穏な空気を感じ取ったらしく、落ち着いて、という風に町は両手を振った。そして再び真剣な顔になる。

「大事な話だから、ちゃかさないで聞いてほしいんだけど」

「ちゃかしてんのはおまえやろ」

「ちゃかしてない」

至極真面目に言われて、祐は思わず口を噤んだ。ちゃかしてないよ、と今度は優しい声でくり返し、町はゆっくりと続けた。

「僕は祐が好きだ。友達とか仕事仲間としてじゃなくて、恋愛の意味で」

祐はまじまじと町を見つめた。

最初にきたのは驚きだ。町は男もいけるんか。しかも俺か。なんで俺やねん。別にイケメンでもないしカワイイもないのに。

一瞬でそこまで考えた後、何かがストンと腹に落ちた。

なんでとか、そんなんはたぶん町にもわからん。

――せやかて俺も、なんで恋愛の意味で町を好きになったかなんてわからんし。

次の瞬間、ぶわっと勢いよく顔から火が出た気がした。

「うわっ、顔真っ赤だぞ、大丈夫か？」

焦ったように問われて、祐は片手で口許を覆った。少しも大丈夫ではない。

日暮紫乃のことが頭から離れなかったのは、町を好きになっていたからだ。たとえリップサービスでも、付き合いたいと言っているのは不愉快だった。マンションを飛び出したときに日暮のことを口にしたのは、くすぶり続けていた嫉妬が爆発したせいだ。

今まで同性を好きになったことがなかったから、己の感情に気付けなかったのか。それとも、町のお笑いに対する見解を聞くのがおもしろくて、恋情よりそちらに意識が向いたのか。あるいは、町と仕事をしたときに感じる一体感や高揚感を、それらによく似た恋愛感情と区別できなかったのか。

どっちにしても、俺もまだまだ頭が固い。

祐は思わずため息を落とした。周囲だけでなく自分のことも、もっと客観的に、素直に見られるようにならなくては。

「え、なんでため息？　なんか仕事終わりの反省会のときみたいな顔になってるけど、なんで？」

「なんでなんでてうるっさいねん。俺もおまえが好きや」

若干キレ気味に言うと、町はぽかんと口を開いた。まじまじと祐を見つめて数回瞬きをした後、堰を切ったように話し出す。

「ちょっと、ちょっと待って。自覚はなさそうだけど、祐も僕のことが好きだろうなーとは思ってた。顔触っても本気で嫌がらないし、ガン見しても嫌がらなかったし、カレシってワード出しても嫌悪感ないみたいだったし、おまけに日暮に嫉妬してくれてたし。ていうかあのときはごめんな。祐が嫉妬してくれてるのがわかって凄く嬉しくて、調子に乗りました。意地悪してほんとごめん」

ようしゃべるな……。

しかもけっこうな早口なのに全く噛まない。

言われた内容よりもそのことにあきれていると、町は眉を八の字に寄せた。

「許してくれる？」

「へ？　ああ……、まあ、俺も三十にもなって自分の気持ちに気付けへんかったからな。お互い様っちゅうことで」

町はパッと顔を輝かせた。

「ありがとう！　でも、できればキレながら告白するのはやめてほしかった……」

今度は落ち込んでいる。忙しい男だ。

予想外の反応になんだか笑えてきたが、祐はわざとしかめっ面で尋ねた。

「俺がどんな風に告白する思てたんや」

「もっと照れながらっていうか、恥ずかしそうにすると思ってた」

「アホか、何やねんその妄想。告白は告白やろが。贅沢言うな」

「そうだけど、キレ気味ってひどくないか？」

しょんぼりしている町に、我慢できずに笑ってしまった。スプーンを置いて席を立つ。

つい先ほど気持ちを自覚したばかりだ。当たり前だが、町とのキスやセックスは一度も想像したことがない。

けど俺も、童貞のガキやない。

それなりに恋愛経験を積み、セックスも経験済みの三十路の男だ。恋愛感情と独占欲を覚えた相手に、欲情しない方が嘘だろう。

祐は躊躇うことなく町の横に立った。

「町」

「何？」

こちらを見上げた町が首を傾げる。

目鼻立ちは柔らかく整っているが、確かに成人男性のがっしりとした首だ。喉仏もあるし、肩幅も広い。どこからどう見ても男だ。

けど、触りたい。

黙っている祐が気になったらしく、祐？ と町が呼ぶ。

「やっとくか？」

「何を？」

「セックス」

町はまたぽかんと口を開いた。次の瞬間、顔だけでなく首筋まで真っ赤になる。

おお、こんな顔は初めて見るな。

恐らく先ほど町への想いを自覚した祐も、こんな感じだったのだろう。いつもは見上げる位置にある端整な面立ちが下にあることも含め、なかなかいい眺めだ。

「男と経験ないくせに何言ってんだ。するに決まってるだろ」

赤くなりながらも真顔で言った町に、祐は笑った。

「するんかい」

「する。ずっとしたかったんだから。でも、ほんとにいいのか？ 心の準備がいるんだったら待つよ。一時間くらいが限界だけど」

「一時間て短っ。もうちょっと待てや」

笑いながら言って、祐は町の頬に手を添えた。背を屈め、形の良い薄めの唇に自らの唇を押しあてる。

柔らかな感触に胸が高鳴った。頭の天から足指の先まで、全身が瞬く間に熱くなる。嫌悪感は微塵も湧いてこない。それどころか、もっと触りたい。

幸福感と同時に、飢えにも似た情欲が突き上げてきた。薄く開かれた唇の隙間に迷うことなく舌を差し入れ、温かく濡れた口内をやや乱暴に愛撫する。舌と舌が絡み合い、淫靡な水音が微かに漏れた。

凄い。めっちゃ気持ちええ。

「んっ……」

声をあげたのは町だった。彼の手が祐の首筋をつかまえる。それを合図に、祐はそっと唇を離した。口づけの深さを示すように、どちらのものとも知れない唾液が糸を引く。

甘い息を吐きながら至近距離にある切れ長の瞳を見つめる。そこに確かな愛しさと情欲の炎を見つけて、ぞくりと背中が震えた。

「ベッドへ行こう」

町の熱っぽく掠れた声に、祐は迷うことなくああと頷いた。

寝室も、キッチンやリビングと同様にシンプルながら洗練されていた。間接照明が柔らかく照らし出したベッドはダブルだ。

「ほんとにいいのか?」

セーターの下に着ていたTシャツを脱いでいると、遠慮がちに声をかけられた。町が暖房をつけてくれたので、服を脱いでもそれほど寒くない。

「ローションとゴムを用意しながら言うセリフやないな」

既に上半身裸の町は、サイドテーブルの引き出しからそれらを取り出しているところだった。

新品のローションの包装をはがしつつ言う。

「でも、やっぱりやるんじゃなかったって後悔されたら嫌だし」

「後悔はせんけど、もししても自己責任やろ。俺がやろうて言い出したんやから」

「そうだけど……。ていうか、祐は僕を抱きたい? それとも抱かれたい?」

いつもの余裕のある態度はどこへやら、恐る恐る問われて、祐はズボンを脱ぎながら答えた。

「どっちも男相手にはやったことないからな。おまえは男同士のやり方知ってるみたいやから、どっちにしても教えてもらわんとあかん」

「じゃあ僕が抱いていい？　痛いことはしないし、気持ちよくしてあげるから」

勢いよく言った町に、祐は向き直った。靴下も脱いだので、身につけているのは下着だけだ。町も、やはり下着だけになっていた。当たり前だが、胸は平らで乳房はない。骨っぽい体にはしっかり筋肉がついている。大人の男として申し分のない均整のとれた肉体だ。

こんな男が、同じ男に欲情するんやろか。

「おまえ、俺で勃つんか？」

純粋に疑問だったので尋ねると、町は呆気にとられたように目を丸くした。かと思うと顔を真っ赤にする。

「ここまできて何言ってんだ！　もういいから、僕が抱くから！　ほら、突っ立ってないでこっち来て。はい、横になって。あ、パンツは脱がなくていいから、僕が後で脱がせるから！　ていうかなんだこれ。こんなムードないの初めてなんだけど」

言われた通りにベッドに横になった祐は、のしかかってきた町の情けない顔を見上げて笑った。こういう顔も、今までほとんど見たことはなかった。

やっぱりちょっとカワイイかもしれん。

「そらええな」

「何がいいんだ」

「ムードのないセックス、初めてなんやろ？　俺ばっかり初めてはおもろないからな。おまえにも初めてがあってよかった」

困ったように眉を寄せた町は、うう、とうなった。

「そんなカワイイこと、カワイイ顔で言うなよ……」

「は？　カワイイこと」

ないやろ、と続けようとした唇を塞がれた。間を置かずに濡れた感触が歯列を割る。キッチンでしたキスの仕返しだとばかりに、それは祐の口内を縦横無尽に這いまわった。

「ん、んう」

喉の奥から声を漏らしたのは祐だ。自らも舌を差し出して激しい口づけに応える。互いの唾液が混じり合い、淫らな水音をたてた。

口の中が痺れるような快感を覚えて身じろぎする。東京へ引っ越してから、忙しさにかまけてほとんど自慰をしていない。そのせいか、キスだけで早くも性器が反応し始める。

「は、あ、町、ぅん」

息継ぎのために離れた唇の隙間を縫って呼んだものの、すぐにまた口づけられてしまった。息は苦しいがやめてほしいわけではなかったので、濃厚なキスを続ける。口の中だけでなく、全身が蕩けていくようだ。

ようやく唇を解放されたときには、性器が下着を押し上げていた。その変化に気付いたらしく、町は荒い息を吐きながら嬉しそうに笑う。

「キス、気持ちよかった？」

ああ、と祐は正直に頷いた。体が反応しているのだ。隠しても仕方がない。

「そっか、よかった。じゃあ体に触るから」

どうやら祐の許可を得るまで、体には触れないようにしていたらしい。

変なとこで律儀な奴。

愛しさを感じると同時にあきれていると、町は祐の濡れた唇に浅く口づけた。今度は舌を入れず顎へ唇を落とす。そして喉や首筋、鎖骨にも食むようにキスをした。柔らかくて優しいが、明らかな情欲を感じさせる接触に、ぞくぞくと背筋に快感が走る。

我知らず濡れた息を吐くと、町の大きな掌が胸に触れてきた。火傷しそうなほどひどく熱く感じられて、一瞬息をつめる。

「凄い、やっぱり肌理が細かくて潤ってて、つやつやだ」

興奮半分、感心半分の物言いに、何が、と精一杯抑えた声で尋ねる。そうしないと甘ったるい声が出てしまいそうだったのだ。

「祐の肌。凄くきれいだ。それにエロい」

「エロいて、どこが」

「汗ばんでて、いつもより火照ってるだろ。もっと触ってって誘ってるみたいでエロい」

掠れた声で囁いた町は、祐の肌を熱心に撫でまわした。その拍子に、指先が乳首を掠める。

むず痒いような小さな刺激が生まれて、びく、と肩が揺れた。

「ここ、気持ちいい？」

祐の反応を町が見逃すはずがない。両方の乳首を指先で挟んで弄る。無意識のうちに上半身が跳ねた。

今まで経験した女性とのセックスでは、乳首を弄られたことはない。だからむずむずする状態が感じているのか、ただくすぐったいだけなのか、自分ではよくわからない。

「き、もち、ええか、わからん」

正直に告げると、町はなぜか嬉しそうに笑った。

「でも、硬くなってるし、赤くなってる。尖っててカワイイ」

休まずに乳首を揉む指を、横からつかむ。

「ちょ、そこばっかり、やめ」

「気持ちよさそうだから、やめない」

囁いた町は、左の乳首だけを解放した。間を置かず、色づいたそれを口に含む。舌で転がされて息がつまった。

「っ、ん……」

町の指先をつかんでいた手から力が抜ける。それを待っていたかのように、愛撫が再開された。右の乳首を弄られ、左の乳首をちゅくちゅくと音をたてて吸われる。

「町っ……」

心臓に近いからか、口で愛撫されている左の乳首が敏感になっていくのがわかった。じんじんと熱く痺れる。忙しなく吐き出す息が、次第に甘く蕩けてくる。

濃厚なキスで高ぶっていた性器が、更に猛るのがわかった。先端からあふれた蜜が下着に染みる。我知らず腰が卑猥に揺れた。

「も……、そこばっかり、やめ……」

肝心なところには刺激を与えられないもどかしさに、祐は町の手を叩いた。が、力が入らなくて撫でるだけに終わってしまう。

うわ、なんやこれ。

己の体の変化に戸惑っていると、乳首に歯をたてられた。堪える間もなく、あ、と掠れた声を漏らしてしまう。

「アホ、噛むな、いた、痛い」

町の後頭部の髪を精一杯の力で引っ張る。すると呆気なく乳首は解放された。

何度も吸われ、舐められたせいで、左の乳首は腫れぼったくなっている。もう愛撫を受けていないのに、たっぷり濡れていたからか、あるいは暖かな口内からふいに追い出されたせいか、一際甘い痺れを訴えてきた。は、と息を吐いて、その快感をどうにかやりすごす。

「……あー、だめだ」

うなるようにつぶやいた町は、両手で祐の腹や胸を撫でまわした。またしても乳首に触られて、びくんと腰が跳ねる。

「だめって、何が……」

「関西弁。すっげぇエロい。体もすげぇエロいのに、言葉もエロいってどうすんだ」

「そんなん、俺が知るか……」

「ほら、もうほんとだめ。エロすぎ」

熱に浮かされたように言った町は、乳首のすぐ下に口づけた。ちゅうと音をたてて皮膚を吸われる。跡をつけられたようだ。

今は初冬である。衣装に着替えるときも、保温性に優れたTシャツは脱がない。体に情交の跡が残っていても不都合はない。

祐が嫌がっていないのがわかったのか、町は胸から腹にかけて赤い痣をいくつも刻んだ。舐められ、噛みつかれ、吸われる度に、背筋が快感で震える。

臍の辺りにも跡を残した町は、ふいに下着を押し上げている性器に口づけた。そのまま布ごと先端を吸われる。

「うあっ、や……!」

待ち望んでいた刺激を与えられ、祐は掠れた声をあげた。大きく開かされた両の腿がぶるぶると震える。

祐の反応に気を良くしたらしく、町は下着のゴムに手をかけて一息に引き下ろした。

「ぁあ……！」

布が擦れる感触に、また声をあげてしまう。露わになったそれが達しそうになるのを、全身に力を込めることでどうにか耐えた。

は、は、と荒い息を吐いていると、濡れて震える劣情に、町の強い視線を感じる。

「ここもエロいな。ペニスはきれいな桃色なのに毛が真っ黒で、やらしすぎる」

「っ、アホ、そんなん……、言うな……」

「なんで、ほんとのことだろ」

うっとりとした口調で応じた町は、祐の性器に顔を近付けて眺めまわした。さすがに恥ずかしくて、やめろと言おうとしたのを遮るように、先端にキスをされる。あ、とまた声をあげている間に、町の口の中に含まれてしまった。

「やめ、あかん、あか……！」

唇をすぼめて幾度も扱かれ、根本からきつく吸われ、祐はのけ反った。大きくて奥行きのある男の口でされる愛撫は、今まで経験したことがない強い快感を与えてくれる。

無意識のうちに腰が淫らに揺れ動いた。快感から生じた涙が目許に滲む。

「も、いくから、離せ」

町の髪を引っ張って離そうとする。が、形の良い唇は祐の劣情に縫いとめられたように離れない。

「出る、出るから、あぁ！」

先端を強く吸われ、祐は極まった。強烈な快感が腰を直撃する。欲の証(あかし)が勢いよく迸(ほとばし)るのがわかった。それが町の口内に放たれるのを自覚して、薄く目を開ける。

涙と熱で潤(うる)んだ視界に飛び込んできたのは、性器を口に含んだままの町だった。口淫(こういん)はしてもらったことがあるが、誰にも飲ませたことはない。

あかん、止めんと。

そうは思うものの、止められるわけがない。精液を飲み込んでいく町を目の前にして、あ、あ、と泣き声に近い嬌声(きょうせい)が漏れた。

「アホ……。そんなん、飲むな……」

快感の余韻(よいん)に震えながら訴えると、町はようやく性器から口を離した。ピンク色の舌がぺろりと己の濡れた唇を舐める。そしてさも嬉しそうに笑った。

「ほんとに、フーゾク行ってなかったんだな。もしかして自分でもあんまり抜いてなかった？」

「うるっさいわ……。そんな暇、なかったっちゅうねん……」

羞恥(しゅうち)と申し訳なさから顔を背(そむ)ける。快感が全身に染み渡っているせいで、それ以上は動けなかった。目を閉じて息を整えていると、きゅぽ、という微かな音が聞こえてくる。不審に思って見上げた先で、町がローションを掌(てのひら)に垂(た)らした。

ラギラと光っている。

「……それで、何すんねん」

「最初に言った通り、痛いことはしない。気持ちよくしてあげるだけだから」

ニコニコと笑いながら言った町だったが、目は笑っていない。見下ろす瞳は情欲を孕んでギラギラと光っている。

あ、やばい。

本能で危機感を覚えた祐は、両の膝を立てて上にずり上がろうとした。そのせいで露わになった尻の谷間を、ローションにまみれた町の指が弄ってくる。

「ちょ、やめ、どこ触ってんねん」

「お尻の中に、凄く気持ちいいとこがあるんだ。そこを触ったげる」

「アホ、そんなん、触らんでええ」

男女のセックスでもアナルを使う人はいる。そういったマッサージをしてくれる店もある。しかし祐はどちらも経験したことがない。

どうにか逃れようとするが、強い快感を味わったばかりの体は思うように動かなかった。もがいている間に、硬く閉じた場所を見つけられてしまう。

緩急をつけて幾度も揉まれて腰が跳ねた。周辺を愛撫されているだけなのに性器がむずむずする。なぜか散々吸われ、揉まれた乳首もむず痒い。ひく、ひく、と全身が痙攣するように震える。

「っ……、やめ、汚い、やろ」

「セックスってそういうもんだろ。それより、またあっちこっちエロくなってきてるんだけど。祐、お尻弱いんだな」

囁いた町の声は、情欲と興奮で掠れていた。その声にまた感じてしまい、熱い吐息が漏れる。

「そん、そんなん、知るか」

「知らないんだ。じゃあ僕が教えてあげる」

優しいのに獰猛な物言いが聞こえてきた次の瞬間、揉んだり撫でたりするだけだった指が中に入ってきた。ローションのおかげだろう、一息に奥まで差し込まれ、あぁ、と堪える間もなく濡れた声が漏れる。

たった一本なのに息がつまった。苦しくてたまらなくて、シーツを強く握りしめる。

一方で、立ち上がりかけた性器が萎えることはなかった。それどころか、とろとろと新たな蜜をあふれさせる。

「中、凄くきついけど、気持ちよさそう」

恍惚とつぶやいた町は、ゆっくり指を抜き差しし始めた。同時に、膝や腿の内側に幾度も吸いつく。

「っ、ん、は、ぁ、あ」

内側を拡げられて執拗に擦られ、同時に敏感な皮膚をきつく吸われて、自然と甘い声が漏れた。くちゅ、ぷちゅ、とローションが泡立つ音が耳に届いて官能を高める。

「祐、腰動いてる。ほんとにお尻初めて？」

「は、はじめて、に、決まって、ん、ん」

「じゃあ、ここも初めてか」

囁いた町は、いつのまにか二本に増えていた指先で浅い場所を押した。

「あぁ！」

下半身を痺れるような感覚が直撃して、祐はのけ反った。続けて何度も擦られ、あっという間に劣情が限界まで膨らむ。

内壁が町の長い指を締めつけるのがわかった。それで抜いてくれるかと思ったが、反対に指の数を更に増やされてかき乱される。快感の雷に打たれたような錯覚に陥って、祐は身悶えた。

「さわ、触んな、そこ、あっ……！」

腰を揺らした拍子に、ぴゅ、と先端から蜜が飛ぶ。が、達してはいない。中から与えられる刺激は強烈だが、それだけでは絶頂までたどりつけない。

激しく喘ぎつつ性器に伸ばした手は、いとも簡単に払い除けられてしまった。

「凄い。もっと開発したら、お尻だけでいけそう」

「やめ、アホ、いく、いきたい……！」

ほとんど泣きながら訴えると、ようやく体内から全ての指が引き抜かれた。ため息とも嬌声ともつかない声が唇からあふれる。

我が物顔で愛撫を施していた指が抜かれたのだから、内側の疼きはなくなるはずだった。が、その場所は失った刺激を求めるように蠢く。必死で止めようとするが、止まらない。ただ腰が淫らに揺れ動いただけだ。中心で立ち上がった劣情もつられて揺れる。

「と、止まらん……。止めて、くれ」

自分でも初めて聞く快楽と苦痛が滲む声で懇願すると、浮き上がった腰をしっかりとつかまれた。そのまま両脚を大きく開かされる。

外気に晒された尻の谷間が、ひくひくと動いた。ローションにまみれたそこに熱い視線が注がれる。

「見んな……!」

思わず怒鳴ったものの、そこがきゅっと収縮するのがわかった。顔から火が出るほど恥ずかしいのに、ひどく感じてしまう。

ごく、と町が喉を鳴らす音が聞こえてきた。恐る恐る見上げると、端整な面立ちに似つかわしくない、獰猛な獣のような表情が浮かんでいる。

「ほんとは、今日は入れないつもりだったんだ。でも祐、凄く気持ちよさそうだし、入れていいよな？」

切羽つまった問いかけに、町が一度も達していないことに気付く。視線を下ろすと、祐のものより大きく育った劣情が見えた。

そら、いきたいし入れたいやろう。

しかしこちらは男とするのは初めてなのだ。ましてや指とは比べ物にならないくらい長くて太いものを尻に入れるなんて、正直怖い。

けど、ゴムはちゃんとつけてるみたいやし、一応入れてええかて聞いてきてるし……。

「全部は、あかん……。全部は、入れんな」

「ん。じゃあ、ちょっとだけ、先っぽだけにするから」

言いながら、町は祐の後ろに己の劣情をあてがった。間を置かず強い力で押し入ってくる。先端を強引に潜り込ませた熱の塊は、ちょっとどころではなくどんどん奥へ進んだ。

「アホ、ちょっとだけて、言うたやろ……!」

必死でその場所に力を込めて侵入を止めようとする。が、町は止まらなかった。暴れる祐の脚をしっかりつかんで押さえつけ、休むことなく腰を進めてくる。

「ごめん、祐……、もうちょっと、だから」

「やめっ……、あか、あかん……!」

拒もうとする意志とは反対に淫らにうねった内壁は、町の劣情を余すことなく包み込んでしまった。

「は、はあ、あぁ」

祐は後頭部を枕に押しつけて喘いだ。腹の中が重くて苦しくて、うまく息ができない。誰にも触れられたことがない場所をいっぱいに満たされて、そこが裂けて破れてしまうような錯覚に陥る。

「す、ご……。なんだこれ……」

うなるような声が聞こえてきて、祐はきつく閉じていた瞼をわずかに持ち上げた。

汗だくの男は、先ほどまでの祐と同じくぎゅっと目を閉じていた。赤く上気した顔、眉間に寄った深い皺、ひっきりなしに吐き出される荒い息、そして祐の中で激しく脈打つ大きな性器。それら全てが、町が極上の快感を味わっていることを示している。

めちゃめちゃエロい……。

町が俺でこんなになるなんて、信じられん。嬉しい。

腹の底に湧いた愛しさと情欲は、そのままそこを占拠している町に伝わった。艶めかしく愛撫して締めつける。同時に、祐の性器からもとろとろと蜜が滴った。

「あ、ん、町っ……」

腰が卑猥に揺れる。苦しいのに、体が芯から蕩けて溶けそうなほど気持ちがいい。

「だめ、だめだって……! そんなにしたら、いくから……!」

「いって、ええから……。俺のも、触って……」

「……祐!」

掠れた声で呼ばれるなり、町は動き出した。抜かれる動きに内壁が引っ張られ、悪寒と紙一重の快感がぞわぞわと背筋を舐める。

「は、ぁ……」

小刻みに震えていると、再び奥深くまで貫かれた。感じる場所を擦られてのけ反る。かは、と喉が小さく音をたてた。間を置かずにまたゆっくり引き抜かれ、全身が痙攣する。

——やばい。抜かれるのも入れられるのも、どっちもめちゃめちゃ気持ちいい。

「あっ、い……、いい、ん、ぁあ」

感じたままの声をあげた祐が両脚で町の腰を挟んだのをきっかけに、律動は激しさを増した。町の動きに合わせてローションが淫靡な音をたてる。己のあられもない嬌声と町の嵐のような息遣いと混じり合ったその音は、祐をより乱れさせた。

「祐、祐……、好き、好きだ……!」

甘く熱く告げられると同時に、限界まで高ぶっていた性器を摩られる。

刹那、祐は掠れた嬌声をあげて極まった。勢いよく蜜を吐き出しながら町をきつく締めつける。祐、ともう一度震える声で呼ばれた次の瞬間、町も絶頂を迎えた。

ゴムをつけていたせいで彼の精が中を満たすことはなかった。が、その力強い射精に、己が達したとき以上の深い快感を覚える。

これはあかん。絶対、癖になる……。

コンコンとドアがノックされ、祐は台本をめくっていた手を止めた。楽屋にいるのは祐一人である。岸部はプロデューサーと話をしに行った。

はい、と返事をするとドアが開いた。顔を覗かせたのは町だ。祐を見て嬉しそうに笑う。

「おはよう、祐」

「おはよう」

「岸部さんは？」

「プロデューサーさんのとこや」

そか、と頷いた町は素早く中に入ってきた。淡いグレーのジャケットに若草色のネクタイをつけている。間近に迫った春に相応しい服装だ。

手招きをするまでもなく、町はいそいそと祐の隣に腰を下ろした。

「いよいよ収録だな！」

「ああ。期待に応えんとな」

これから収録するのは、町と二人でMCを務める番組だ。

三ヵ月ほど前、初めて町とセックスをした翌日、祐は痛む腰を抱えつつ改めて岸部と話し合った。そして台本は変えなくていいと伝えた。昨日みたいにやれるんやったら、いじられてもいいです。ころころ意見を変えてすみませんと謝った祐に、岸部は怒ることなく頷いてくれた。岸部も『アジタート』の番組の収録を見て思うところがあったらしい。堂松君がそう言うんだったらそれでいこう。僕もバックアップするよ、と請け合ってもらえた。

打ち合わせに向かうと、ディレクターの磯田の方から台本の変更を申し出てきた。構成作家の小川が変更を掛け合ってくれたらしい。プロデューサーも小川の意見に賛同してくれたようだ。結局、台本は祐がＭＣの役割を果たせるように多少変わることになった。制作サイドとよく話し合ったことで、信頼関係が築けたと思う。

全部こいつのおかげやな。

改めて町を見つめると、彼は祐の飲みかけの缶コーヒーに口をつけたところだった。

「おまえ……。そっちに新しいのあるやろ。喉渇いたんやったら新しいの開けろや」

「嫌だ。これがいい」

しれっと答えた町は、祐の耳に口許を寄せた。

「もう二十日くらいしてないだろ。完全に祐不足」

指先で首筋をくすぐられ、祐は赤面した。そして小さな声で言い返す。

「アホか、こんなとこで何言うてんねん」

最初のセックスの後、ちょっとだけて言うたくせに全部入れやがって！　と一応キレてみせて町に土下座で謝らせたものの、それからも暇を見つけては体を重ねた。互いを愛撫するだけのときもあれば、体をつなぐときもある。どちらも痺れるほど気持ちがいいのは言うまでもないが、入れられるのは格別だ。

大きな熱の塊で思う様擦られて奥を強く突かれると、我を忘れてしまう。町には言っていないが、この三ヵ月、したくてしたくてたまらなかった。セックスを覚えたての頃でも、ここまでしたくならなかった気がする。今まで女性とノーマルなセックスしかしてこなかったので戸惑う気持ちもあったが、そんなものを吹き飛ばしてしまうほどしたい欲求が強かった。

まあでも、町は言わんでもわかってたやろうけど。ていうか、町もめっちゃしたがってたし。

なにしろ時間があるときは必ず入れてくれたのだ。もっとも、ただでさえ多忙な町は、新たな小説の執筆と、夏の音楽フェスに向けたバンドの練習のせいで輪をかけて忙しくなり、なかなかスケジュールが合わなかった。結局、最初のセックスを含めて四回しか体をつないでいない。ここ二十日間はキスをしただけである。

「あー、したい。凄くしたい」

町が耳元で囁く。

びく、と肩が揺れてしまったのは、彼の甘い声にすっかり弱くなったからだ。

「アホ、やめろ。仕事の前にふざけんな」

「あと五分経ったらちゃんとするから。五分くらいいいだろ」

やはり小さな声で言って、町は祐の膝に自分の膝をくっつけた。長い脚が思わせぶりに、祐の脚をゆらゆらと揺さぶる。

付き合ってから知ったのだが、この男は案外甘えん坊なところがある。

優しいてドライで毒舌で甘えん坊て、複雑な奴や。――まあ、その複雑さがおもしろくて好きなんやけど。

「僕、こんなにしたいの初めてかも。祐は？」

恋人の甘い問いかけに、祐は正直に答えた。

「俺も初めてやな」

「そうなんだ、嬉しい。あ、でもこうやってただいちゃいちゃするのも嬉しいし、一緒に仕事するのももちろん楽しい」

東京へ出てきて約半年。お試し期間は終わった。それでも仕事は途切れず、レギュラー番組が二本決まったのは快挙だろう。大阪の後輩や同期、スタッフだけでなく、『表面張力（ひょうめんちょうりょく）』の鷹司（たかつかさ）や『オレンジグミ』といった先輩芸人からも、よかったなと言ってもらえた。

その二本のうちの一本が、これから収録する町と二人でMCを務める番組だ。

もう一本は、町と仲直りするきっかけになった『アジタート』の番組である。『ゼブラ』が卒業し、かわりに祐が抜擢（ばってき）された。つまり、こちらでも町と共演することになった。

特番や他の番組へのゲスト出演でも、相変わらず町とセットにされている。コンビに近い感覚は、やはり心地好いものだ。一方で互いにピン芸人として立っているため、近すぎず遠すぎない距離感がちょうどいい。

ちなみに昨年末に行われた全国漫才コンテストでは、『かみしもジャンパー』は準決勝止まりだったものの、『バターチョコ』は決勝に残った。が、優勝は逃した。二組とも町が言っていた通りの成績だったので、祐は内心で舌を巻いた。ともあれ『バターチョコ』は決勝に残ったことをきっかけに、大阪で新たなレギュラー番組を獲得したようだ。

彼らが東京へ移ってくる頃には、椅子を奪い合うのではなく、迎え入れてやれる位置にいたいと思う。

町とやったら、きっと大丈夫や。

信頼できる頼もしい男はニコニコと続ける。

「祐と話すのも楽しいし、一緒にご飯食べるのも映画観るのも嬉しい。でも今は、とにかくすっげえしたいんだけど。どろどろになるまでしたい」

「結局それかい。まあ俺も、どろどろになるまですっげえしたいけどな」

「祐……！」

感激したように呼んで抱きついてこようとした町の肩を、祐はすかさず押し戻した。

「はい、五分経過。いちゃいちゃ時間終了」

「あと五分、五分延長でお願いします」

「延長はできません。おら、さっさと切り替えろ」

まだくっついていたいと訴える膝を自ら離して、町の背中を強く叩く。

不満げに口を尖らせながらも、はーいと町が返事をしたとき、またドアがノックされた。はいと応じると、岸部と共にAD——アシスタントディレクターが現れる。

「あれ、町君もここにいたんだ。そろそろ出番らしいよ」

岸部は満面に笑みを浮かべていた。プロデューサーとの話し合いはうまくいったようだ。

「堂松さん、町さん、お願いします」

緊張気味のADに声をかけられ、はいと応じて立ち上がる。わずかに遅れて町も立ち上がった。ごく自然に目が合う。

「よろしくな」

「ああ、こっちこそ」

まだ恋人の熱が拭い切れていない瞳をまっすぐ見つめて頷いてみせると、町は嬉しげに笑った。そして今度は二人同時に、足を前に踏み出した。

愛しているし恋してる

aishiteirushi
koishiteru

フライパンの上で溶け出したバターが、食欲をそそる香りを漂わせる。

すかさず溶いた卵を入れると、ジュワー！　と良い音がした。

恋人である堂松祐に、朝はご飯とパンどっちがいい？　と尋ねたのは付き合ってしばらくしてからのことだ。

作ってくれるんやったらどっちでもええ。どっちも好きやから。

あっさりそう言われた。もしかして遠慮しているのではと思ったが、本当にどちらでもよかったらしく、ご飯でもパンでも美味しそうに食べてくれる。

けど祐はスクランブルエッグは油で作るより、バターで作った方が好きだ。

ドレッシングはごま系が好き。ハムよりベーコンが好き。味噌汁の具はキャベツが好き。おにぎりの具は梅干しが好きで、焼き海苔ではなくて味海苔で巻いた方が好き。

付き合って一年あまり。祐の好みのデータは、着々と町央太の中に蓄積している。

で、最近は騎乗位がお気に入りなんだよな……。

やや固めに焼いたスクランブルエッグ——これも祐の好みだ——を皿に移しつつ、央太は口許が緩むのを感じた。

昨夜、約三週間ぶりに体を重ねた。ありがたいことに、祐も央太も仕事は頗る順調だ。つまり、お互いに多忙である。番組の収録や取材では一緒にすごしていたし、食事や飲みには何度も行っていたが、プライベートでゆっくり会う時間はほとんどとれなかった。

今まで付き合った誰よりも、祐とは体の相性が良い。最初から感度のよかった祐の体はどんどん淫らに解けるようになり、極上の快楽を与えてくれる。それだけに、長い間体をつなげられないのは辛かった。

祐としたい。物凄くしたい。

ようやく二人きりで会える時間がとれた昨夜、ずっと抑え込んでいた欲望が一気に爆発した。央太だけでなく祐もしたかったらしい。正常位でつながった後、押し倒されて跨られた。前に一度やってみて、好きに動けるのが気に入ったようだ。

は、あっ、町、町。

祐は何度も名前を呼んで、淫らに腰を揺すった。きつく締めつけたかと思うと、緩んで蠕動する熱い内部を思う存分味わいながら、央太は己の腰に跨った祐を目で犯した。

いつも強気な瞳は情欲に潤んでいた。形の良い唇は央太がくり返し吸ったせいで赤く濡れており、硬く尖った乳首も赤く染まっていた。祐が腰をくねらせるのに合わせ、桃色に熟した性器がゆらゆらと揺れる。見つめられることで余計に感じるらしく、先端から次から次へと欲の証が滴り落ちていた。

全部エロい。全部にむしゃぶりつきたい。

その激しい欲求を抑えきれず、央太は祐を下から何度も突き上げた。

や、あか、あかん、ぁあ！

感じたままの嬌声をあげて背中を弓なりに反らした祐は、央太の目の前で達した。

思い出しただけでも鼻血が出そうなくらいエロい……。

ガチャ、とリビングのドアが開く音がして我に返る。

顔を上げると、祐が入ってきた。Tシャツの裾をたくし上げてぼりぼりと腹をかいている。

「おあよう、町」

豪快に欠伸をしながら声をかけられ、おはようと応じる。

後頭部に派手な寝癖がついている。スリッパを用意してあるのに裸足だ。まだ眠気が冷めていないらしく、目が半分ほど閉じていた。無精髭がまばらに生えている。

昨夜のセックスの最中に見せた、凄まじい色気はどこにもない。しかし。

畜生。かわいい。好き。

三十をすぎたというのに我ながらバカっぽいと自覚しつつも、そんな風に思ってしまう。

「祐、体は平気？」

なにしろ昨夜はベッドで三回した後、バスルームでもつながったのだ。

心配になって尋ねると、うんと祐はあっさり頷いた。

「大丈夫や。それより腹減った」

祐はぺたぺたと足音をたてながら寄ってきた。当然の如く央太の上腕に顎を載せる。

バターの香りに刺激されたらしく、一気に目が開いた。キラキラと瞳が輝く。

「俺、町が作ってくれるスクランブルエッグが一番好きや。一番旨い」

「僕の愛がこもってるから、一番旨いに決まってる。あとベーコンも焼くから」

「お、ありがとう。縁がカリカリになるまで焼いてな」

「はいはい、わかってますよ。パンは何枚食べる？」

「二枚、や、三枚」

　答えた祐は、くあ、とまた欠伸をする。

　畜生。かわいい。凄く好き。

「わかった、三枚な。パンもよく焼いとくから顔洗っといで」

　ん、と嬉しそうに頷いた祐は、ぺたぺたと足音をたててリビングを出て行った。大丈夫と言ったのは強がりではなかったらしく、しっかりとした足取りだ。

　くう、と央太は思わず喉を鳴らした。

　タフなところも好きだ。

　祐のことは、彼が上京してくる前から知っていた。大阪にめちゃくちゃＭＣがうまい芸人がいると噂になっていたのだ。動画サイトで彼がＭＣをしている番組を見て、一目で気に入った。美形ではないが、どこか生意気そうな愛嬌のある顔がかわいい。また、関西人独特のあけっぴろげな雰囲気や良い意味での泥臭さが、央太の目には新鮮に映った。派手な色や奇抜なデザインも着こなせるのは、彼の持つそうした独特の空気感のおかげだ。

もちろん容姿だけではなく、ＭＣの才能にも大いに感心した。一方的にしゃべっているようで、そうではない。的確に出演者の心の動きを読み、引くべきところでは引き、前に出るタイミングを見極めている。そうした気配りのおかげだろう、祐がＭＣを務める番組にはスタジオ全体に一体感があった。

堂松祐は近いうちに東京に出てくる。そして多くの仕事を獲得するに違いない。

そう確信を持っていたから、彼が東京に進出すると聞いても驚かなかった。全国区でも充分通じる才能だから当然だと思った。一緒に仕事ができると決まったときは胸が躍(おど)った。

やがて目の前に現れた実物は、警戒心を漲(みなぎ)らせていた。野生の獣が威嚇(いかく)しているようなその様子が、画面で見るよりずっとかわいくて驚いた。

ああ、だめだ。僕はきっと堂松祐を凄く好きになる。

直感だった。

僕の直感は当たるんだ。

祐は最初、町に対して恋愛感情を抱いている自覚がなかったようだ。そんな彼が少しずつ好きになってくれていることがわかったときは、天にも昇る気持ちだった。

でも、調子に乗ったのはほんとに悪かった。

両想いになって約一年が経(た)った今、改めて反省しつつオレンジジュースをグラスに注(つ)いでいると、祐が戻ってきた。

無精髭を剃った顔はピンと張りがあり、艶々だ。央太の勧めで使い始めた基礎化粧品が合っていたらしく、もともと肌理の細かい彼の肌を更に潤わせている。めんどくさー、と文句を言いながらも手入れしているのは、央太が勧めたものだからだろう。

「旨そうや。いっつも用意さして悪いな」

「好きでやってるんだから気にすんな。祐には無理させてるし」

「セックスのことを言うてるやったら別に無理とちゃうで。おまえとするん、めちゃめちゃ気持ちええし。昨日のセックスもめっちゃよかった」

照れる様子もなくけろっと言ってのけた祐は、央太の正面に腰を下ろした。

相変わらず男前だ。央太が朝食を作るのが当然だと思っていないところも好きだ。

こういうのは、実際に長く付き合ってみないとわかんないからな。

最初は遠慮していても、次第に横柄になる人もいる。祐がそうでなかったのは幸運か、央太に見る目があったということか。

エプロンをはずして腰を下ろし、祐と共にいただきますと手を合わせた。

祐は早速スクランブルエッグを頬張る。そして満足げに笑った。

「あー、旨い。ほろほろ具合も最高。世間は何かっちゅうと半熟半熟言うけど、俺は卵は断然固い方が好きや」

「でも祐、卵かけご飯好きだろ。この前の収録のとき、美味しそうに食べてたじゃん」

「卵かけご飯の卵は半熟とちゃうやろ。あれはナマや。ナマはナマやからええねん」

オンエアされなかった部分でも知っているのは、ほとんどの番組で祐と一緒だからだ。

東京でも実力を認められた祐は、レギュラー番組を三本持っている。そのうちの二本は、央太と二人MCだ。当初、チーフディレクターと少し揉めた冠番組は、今も続いている。残りの一本は『アジタート』がMCだが、こちらも央太と共にレギュラーとして出演している。

央太はといえば、祐と一緒の三本以外にも二本レギュラー番組を持っているし、ラジオ番組も一本続けている。加えてバンド活動や小説の執筆もあり、常に祐と一緒に行動しているわけではない。にもかかわらずよほどインパクトが強いのか、世間的にはほとんどコンビ扱いだ。雑誌等の取材でも二人一緒に受けることが多い。

祐以外とだったら、面倒だと思っただろうな。

祐とは笑いの嗜好が同じだ。言葉にしなくても、彼がどういう笑いを作りたいのか、どういう進行をしたいのか、手に取るようにわかる。また、祐も央太が何をしたいのかがわかるらしい。予想外のハプニングが起こっても、アイコンタクトひとつで番組をスムーズにまわすことができる。その感覚は、ギターで思い通りの演奏ができたときに似ている。ひどく高揚するし、何より爽快だ。大学を卒業後、十年近くお笑いをやってきた中で、そんな感覚を味わうのは初めてだった。

ちょっとだけ、コンビを組む人たちの気持ちがわかったかも。

音楽、小説、ドラマ、映画、そしてもちろん、お笑い。全てに興味があって、どれにも力を注ぎたかったせいか、誰かと組むという発想そのものがなかった。相手はお笑い一本に絞りたいかもしれない。そうなると自由に活動できなくなる。やりたいことができなくなるのは困る。ピンなら自由だ。それでも、どうしても組みたいと思う相手がいれば組んだかもしれないが、生憎そういう人物は現れなかった。

　思い返せば、幼い頃からたくさんのことに興味があり、様々な習い事をさせてもらった。水泳、サッカー、習字、ピアノ、絵画、ダンス、英会話。ボーイスカウトにも入った。年の離れた兄の影響で海外ミステリを読み、洋楽を聞くようになり、ギターも始めた。どれも同じくらいおもしろく、なおかつ人並み以上にこなせてしまうため、なかなかひとつに絞れなかった。両親には器用貧乏にならないようにしなさいと口酸っぱく言われたものだ。

　恋愛対象も、幼い頃から男女問わなかった。違和感を覚えたり不安を感じたりしなかったのは、落ち着きのなかった自分の「ありのまま」を受け入れてくれた家族のおかげだと思う。むしろ、なんで男も女も異性しか好きにならない人の方が多いんだろう、と不思議に思ったものだ。少しずつ同性と付き合うことが増えていったのは、生来ゲイ寄りだったからかもしれない。

「明後日の大阪、楽しみだな」

　ニコニコと笑いながら言うと、反対に祐は顔をしかめた。

「おまえのことやから大丈夫やと思うけど、大阪のオバチャンとオッチャンは凄いぞ。昔から知ってる親戚かっていう勢いで話しかけてきはるから。うわー、て思ても引くなよ」

「それはもう聞いた。東京でもぐいぐい来る人はいるから大丈夫だって」

「けど町、街ブラロケてほとんどしたことないやろ。しつこう絡んでくる人とか悪意がある人はスタッフさんが対応してくれはるけど、俺らもそういう人をキレさせんように気ぃ付けんとあかん」

真面目な顔で言う祐に、わかってるって、と央太はやはり笑いながら頷いた。

「祐は心配性だなあ」

「東京でいきなり売れたおまえは、ある意味箱入り息子やからな」

「え、祐から見た僕って、そういう認識なんだ?」

「そういう認識や。自覚せえ、箱入り」

央太をじろりとにらみ、祐はベーコンを齧った。

本気で心配してくれているのがわかるから、少しも怖くない。

関西ローカルでレギュラー番組がスタートすることが決まったのだ。祐と二人で関西の新スポットを巡ったり、新しい商品を試したりするロケ番組である。

最近、東京へ進出した地方出身の芸人が、再び地元でレギュラー番組を持つ傾向が強まっている。そんな中で、祐だけでなく央太にも声がかかったのは、祐と組んでいる番組の成功が大きいだろう。

とはいえ関西のテレビ局のプロデューサーは、央太には断られるものと思っていたらしい。何より祐ちょうどバンドのツアーがひと段落ついたところで、スケジュールに余裕があった。何より祐と一緒の番組で、しかも東京ではやったことがないロケ番組という目新しさもあり、快く引き受けると、相当驚いたようだ。町さんに出てもらえるなんて、ダメ元でお願いした甲斐がありました！　ギャラ安めですんません！　とはっきり言われた。三十代半ばの女性のプロデューサーだったが、いかにも関西らしい率直な物言いに笑ってしまった。

「あと、スタッフさんも町央太が相手やから巻いていかはるとは思うけど、大阪のロケはめちゃめちゃ長いぞ。一時間の番組で八時間撮りとかようあるし」

冗談ではなく真面目に言っていることがわかって、マジか、と思わず声をあげる。

「あんなにペラペラな台本なのに、そんな長く撮るんだ？」

メールに添付されてきた台本は、Ａ４の紙が五枚だった。来年から始まるレギュラー放送は三十分番組だが、十二月に放送される初回は一時間スペシャルだと聞いていたから、あまりの薄さに衝撃を受けたことは言うまでもない。

「ペラペラて、がんばって書いた方やと思うぞ。紙一枚とか普通にあるし」

「そうなんだ……。けどあれで八時間は無理だろ」

「無理でも何とかするねん。だいたい、東京みたいにいっぱいのスタッフさん引き連れて行くロケなんかほとんどないからな。報道とか情報系の番組はともかく、バラエティやとハンディカメラ持ったスタッフと自分だけとかあるし、ヘタしたら自分だけでロケせんとあかんときもある。若手は特にそうや。本番前に入る前室もない場合が多い。スタジオと違て、局の廊下の隅で撮る番組もあるくらいやから」

「廊下って、一般の人の動画撮影じゃないんだから」

「地方局はそんなもんや。逆に俺は東京のスタジオに初めて来たとき、なんでこんなにいっぱいスタッフがおるんや、今日は偉いさんが見に来はる日ぃかてびびった」

「まあ東京はほんとにスタッフさんが多いからなあ」

祐に限らず、大阪から東京へ出てきた芸人たちが押しなべてタフなのは、そうやって鍛えられたからなのだろう。

大阪で関西のスタッフと仕事をしたら、また違う祐が見れるかも。

仕事そのものも楽しみだが、それも大いに楽しみだ。

サクサクとトーストを頬張った祐は、ぐいとオレンジジュースを飲んだ。そしてじろりと央太をにらむ。

「おまえ、おもしろそうだなー、すげぇ楽しみー、とか思てるやろ」

「あ、ばれた?」

言いながら央太は手を伸ばし、口の端についたトーストの欠片を取ってやった。

祐は央太をにらんだままだったが拒絶はしない。

我知らずにやにやしてしまう。

こういうの、僕以外には絶対させないよな。

「ばれるわ。にやにやしやがって。まあ大阪行ったかて、どうせおまえには下へも置かぬ上げ膳据え膳の待遇が待ってるやろうけどな」

「ええー、もしそうならつまんないな。僕も廊下で収録とかやってみたい。一人でロケにも出てみたいし」

本音だったが、祐は口をへの字に曲げた。

「現実を知らんからそういうこと言えるんや。おまえなんか収録中、通りすがりの別番組のスタッフに荷物運びたいから邪魔や、退いて、とか言われて強制撤去されてしまえ」

「実際にそういうことがあったんだな……」

「あった。テレビに出始めたばっかりの頃やけどな。快う退かさしてもらいました。ついでに言うと、退いてるとこがおもろい言うてオンエアされたから。けど俺なんかましな方や。先輩でもまだそういう状況の人がいっぱいおる」

ネタ番組が少ない今、年に一度の全国漫才コンテストで決勝に残るぐらいでなければ、関西の芸人が東京でも売れるのは至難の業だ。

漫才師でもコント師でもない祐が全国区になれたのは、もちろん本人に独特の存在感とまわしの才能があったことが一番の理由だが、運の良さも一因だと思う。東京のＭＣ陣は、央太を含めて安定しているかわりにマンネリ気味だったのだ。一種の起爆剤が求められていた。そこに祐が現れたというわけだ。

「番組がうまくいって、大阪のスタッフさんがOKしてくれたらだけど、おもしろいのに知られてない芸人を、ときどきゲストで呼んだらいいんじゃないかな。僕も気になってる大阪の芸人いるし」

「マジか。誰や」

プチトマトを口に放り込む寸前で止めた祐が身を乗り出す。

央太も口に運びかけていたベーコンを皿に戻した。

「若手だと、ピン芸人の岡穣太郎君。この前のホームの舞台の脚本、岡君が書いてただろ。あの舞台が良かったからコントも見てみたら、かなりおもしろかった」

「あー、岡か！　確かにあいつ変わったコントしよるな。爆笑をとるタイプやないから目立てへんけどおもろい。他は誰かおるか？」

「先輩だと青海苔さん。最近、漫才のツッコミを変えてきただろ。あのちょっと優しいツッコミは、独特のとぼけた味が出るよな。けどボケの福原さんは今まで通り、何気に怖くて目が笑ってないとこがおもしろい」

思っていたことをそのまま言っただけだったが、祐はキラキラと目を輝かせた。

うわ、眩しい。かわいい。好き。

「町、おまえやっぱりおもろいな！」

「え、そう？」

「そうや。大阪の番組、めっちゃ楽しみになってきた。一緒にがんばろな」

本当に嬉しそうに言われて、ああと央太も笑顔で頷く。

もともと大阪へ行くのを楽しみにしていたが、ますます楽しみになってきた。


「ようこそ大阪へ！」

「どうもどうも、お世話になります」

「よろしくお願いします」

エレベーターを降りたところで待っていたのは三人のスタッフだった。プロデューサーとチーフディレクター、ロケディレクターだ。三人とも、打ち合わせのために何度か東京へ来てくれたので初対面ではない。

お世話になります、と祐やマネージャーたちと共に頭を下げると、さ、こちらへどうぞ、と会議室へと案内された。

これから軽く打ち合わせをして、早速ロケに出る予定だ。祐は大阪で一泊するが、明日の午前中に仕事が入っている央太は、今日の最終の新幹線で東京へ戻ることになっている。

地方局とはいっても大阪だからだろう、五年前に建て替えられたというビルはモダンで立派だ。

「いやー、堂松君はともかく、町さんにはほんまに来てもらえるか、まだどっか半信半疑やったから嬉しいです」

廊下を歩きつつニコニコと話しかけてきたのは、女性のプロデューサー、吉村だ。

「俺はともかくて、どういうことですか」

「そのまんまの意味や。堂松君は引き受けてくれると思てたから」

「吉村さんにはお世話になりましたから」

祐は苦笑して応じた。吉村とは若手の頃からの付き合いで、一番はじめにロケを担当させてもらった番組のプロデューサーだと聞いている。

東京にいるときよりリラックスしているのは、馴染みのある面々に囲まれているせいだろう。移動中の新幹線でも、心なしか嬉しそうだった。東京へ進出してから、大阪で仕事をするのは初めてだというから無理もない。

大阪で生まれて育って、ずっと大阪で芸人やってたんだもんな。

東京出身で、いわゆる「故郷」のない自分からすれば、帰る場所があるのは少し羨ましい。

「あれ、堂松っちゃんやないか！」

脇にある部屋から出てきた六十代半ばくらいの渋い男が、嬉しそうに歩み寄ってくる。

テレビで見たことがある大阪のベテラン漫才師だ。

祐は彼に駆け寄り、ペコリと頭を下げた。

「師匠、お疲れ様です。お元気でしたか？　肩の調子はどうです？」

「いやー、あかんわ。まだしゃんとせんで整形外科通いしとる。ちゅうか僕のことより、なんや、ここにおるっちゅうことは、もう東京で干されたんかいな」

「うわ、怖いこと言わんといてください。大阪でまた番組持たせてもらえることになったんです」

そこまで言って、祐は振り返った。そして央太を手招きする。

「この町君と一緒に番組やらせてもらうことになりました」

「はじめまして、町央太です。よろしくお願いします」

頭を下げると、おお、そうか！　と師匠は目尻を下げた。

「町君の番組、よう見せてもろてるで。実物もえらいこと男前やな！　あ、後でサインもらえるか？　娘が大ファンやねん」

「そうなんですか、嬉しいです。僕のでよろしければ喜んで」

「よろしい頼むわな。いやー、堂松っちゃんのおかげで娘にええカッコできるわ！」

祐のマネージャーと央太のマネージャー、そしてプロデューサーたちも寄ってきた。二人のマネージャーは初対面の師匠に名刺を差し出す。部屋から出てきた師匠のマネージャーもそこへ加わった。東京にいるといまいちピンとこないが、この師匠は関西では名の知れた漫才界の重鎮なのだ。失礼があってはいけない。

「町君、町君」

ふいに呼ばれて、はいと応じる。

師匠は話の輪から離れて声を落とした。

「堂松っちゃんのこと、頼むわな。何かあったらフォローしたってくれ。生意気な口きくときもあるけど、根は真面目でええ奴やさかい」

「あ、はい。もちろんです。今回、こうして大阪の番組に呼んでもらえたのは堂松君のおかげですから、僕もできるだけのことはするつもりです」

「そうか。よろしい頼むわな」

嬉しそうに頷いた師匠は、央太の背中をぽんぽんと叩いた。

ほんとに祐のこと気に入ってるんだな。

師匠と呼ばれる大御所にも臆せずに話しかけ、飲みに連れて行ってもらったり、ときには釣りや将棋等に付き合ったりしたことは、祐に聞いている。積極的に師匠と触れ合おうとする若手は少なかったらしいから、余計に印象が強いのだろう。央太にも交流のある師匠はいるが、こんな風に濃い関係ではない。

師匠と別れて再び歩き出すと、今度は二十代の若い男が駆け寄ってきた。

「祐さん、おはようございます！　どうしはったんですか、こっちの番組に出はるんですか？　それか東京の番組のロケですか」

「また大阪で番組持たせてもらえることになってん。おまえ、バターチョコの番組のレギュラー決まったんやてな。よかったやないか」

「え、もう知ってはるんですか。俺も昨日聞いたとこやのに。ありがとうございます！」

後輩の男は顔をくしゃくしゃにして笑う。レギュラーが決まって嬉しいだけでなく、祐に知ってもらえていたことが嬉しいのが伝わってくる。

祐に町を紹介され、緊張気味にぎくしゃくと頭を下げたものの、それほど関心がないようだった。彼は他の誰でもない、祐と話したがっている。

祐がいろんな芸人に慕われてるのは知ってたけど、目の当たりにするとちょっとびっくりするな……。

祐が東京へ出てきてからマネージャーになった岸部も驚いているようだ。

祐は東京進出を機に、関西ローカルの番組を全て卒業した。退路を断つため、仕事の上では完全に大阪と切れたのだ。

しかし上京した後も、大阪の後輩や同期、時には先輩からも連絡が入っているようだった。

実際、央太は仕事の合間に連絡をとっている祐を何度も目撃している。遠く離れても祐は頼りになる存在なのだ。もっとも、ときには耳に痛いことも言うので、一部の芸人からは敬遠されているらしい。

そうして話を聞いたり、相談に乗ったりするだけではない。ネタ番組等で後輩が東京へ出てきたときは飲みに連れて行くし、先輩だろうが同期だろうが後輩だろうが、賞レースで結果を残したときは、必ずおめでとうとメッセージを送る。お祝いと称してまわらない高級寿司店へ連れて行ったり、値の張る掃除機やテレビをぽんと買ってやったりもする。俺はセコイしガメツイと祐は言うが、他人のためには惜しみなく金を使うのだ。にもかかわらず恩に着せたりしないし、徒党を組んだりもしない。

別に特別なことはしてへん。俺も先輩とか師匠に散々世話になってるから、同じことをしてるだけや。

見栄でも「ええカッコしい」でもなく、祐は本気でそう言っていた。

しかし、してもらったからといって、自分もする人ばかりではないだろう。

情に厚いっていうか、懐が深いっていうか、器が大きいっていうか。そういうとこも好きだ。

とはいえ、大阪の芸人との絆が思いの外強いことを見せられた気がして妬ける。

「相変わらずあっちこっちから声かけられるなあ。堂松、東京ではどんな感じですか？」

チーフディレクターが尋ねてくる。三十代半ばでひょろりとした体形の彼も、祐が大阪にいた頃、何度も一緒に仕事をしたらしい。

「東京でも知り合いが増えてきてますから、大阪と同じような感じになるのは時間の問題だと思います。僕が紹介した人なのに、いつのまにか祐の方が仲良くなってたりしますから」

「アホ、それはおまえの紹介やから仲良うしてくれてはるだけや。東京行ってから、ずっと町に助けられっぱなしです。いろいろアドバイスもしてもろてるし」

祐がすかさず横から口を出してくる。まっすぐに向けられる信頼の眼差しが照れくさい。

「アドバイスとか大袈裟だな。まあ共演するときに祐が着てる服は、だいたい僕が選んでますけどね。今日もそうだし」

冬が近付いてきているので、温かみのあるこげ茶色に細いストライプが入った上下のセットアップを選んだ。セットアップといっても、最近流行のゆったりとしたシルエットだから、カジュアルな印象である。一歩間違えると野暮ったく見えてしまう代物だが、祐は見事に着こなしている。

ちなみに今回の服も含め、衣装さんに頼んで用意してもらうのではなく私服として購入する場合、代金は祐からきちんともらっている。町は買ってあげても一向にかまわないのだが、祐はけじめをつけたいらしい。ただ、誕生日やクリスマスなどの特別なイベントのときにプレゼントとして贈る分は、喜んで受け取ってくれる。

祐は顔をしかめて町をにらんだ。

「こいつ、自分はシンプルな服選ぶくせに、俺には妙な服ばっかり着せるんですよ」

「妙ってなんだ。ちゃんと祐に似合う服を選んでるよ。評判もいいだろ」

言い合う様子を見ていたチーフディレクターは笑った。

「町君の言う通りや、堂松。皆東京行ってから垢抜けたて言うてる。大阪におるときもモテてたけど、今はもっとモテるやろ」

「全然、全く、モテません。隣におるんがこのイケメンですから」

「ああ、なるほど……。気の毒に……」

「えー、僕は関係ないだろ。それに祐、東京でもモテるじゃん」

主に僕に、と言外に匂わせて言うと、祐は一瞬舌を出してみせた。

なんだそれ。畜生。カワイイ。好き。

——今は仕事中だ。

にやけるのを我慢しつつ会議室へ入る。そこには既にお菓子とお茶が用意されていた。

もしかしたら、こういうのも特別扱いなのかも。

大阪のロケ芸人は、現地集合、現地解散、マネージャー不在、衣装は自前、が普通だと聞いている。

「そしたら簡単な打ち合わせだけさしてもらいます。それが終わったら早速ロケに行きますんで、よろしくお願いします」

祐と並んで腰を下ろすと、向かい側に座ったロケディレクターが言った。

よろしくお願いします、と返した言葉が祐と重なる。目が合った。

やるぞ、と言われた気がして、央太はしっかり頷いてみせた。


ロケに出たのは、最近若者向けの店ができ始めた小さな商店街だった。

古い金物屋や豆腐屋、八百屋などと並んで、若者が好きそうなカフェやセレクトショップ、古着屋が次々に営業を始めているという。つい三年ほど前までシャッター街同然だったが、近くに有名私立大学のキャンパスができたことで、若者が足を運ぶようになったそうだ。古い店の古い品揃えも、若者の目にはレトロでカワイイと映るらしく、そこそこ客が入るようになったらしい。

ロケについて来てくれるスタッフは計四人。マネージャー二人も合わせて六人だ。訪ねる店のアポは既にとってあるという。

新しい店は町君がメインで、古い店は堂松がメインでお願いします。

ロケディレクターにそう言われて、はいと返事をしたものの、なんだか腑に落ちなかった。

関西ロケ初体験の僕のリアクションを撮りたいんだったら、逆の方がいいんじゃないか？

しかし演出を考えるのはディレクターの仕事で、タレントの仕事ではない。何か意図があるのかもしれないと思って口には出さなかった。

　オープニングのトークを撮り、早速セレクトショップに入る。央太と祐が行きますと事前に伝えていたにもかかわらず、店員の女性二人は軽くパニックになった。小さな声だが、きゃーきゃーと騒ぐ。その様子もカメラはしっかり捉えた。祐が苦笑いする。

「さすが全国区の有名人、町央太」

「え、あの反応は僕だけが対象なのか？　祐もだろ」

「アホか、見ててみぃ」

　祐は女性店員たちを振り返り、小さく手を振った。二人は嬉しそうに手を振り返す。

「おまえも手ぇ振れ」

　うんと頷いて手を振ると、二人は互いの手をつかんできゃーきゃーと騒いだ。仕込みではなく素の反応である。

「これですよ。町は手ぇの届かんトップクラスのアイドルで、俺は近所のちょっとカッコイイ兄ちゃんてとこやな」

「カッコイイ兄ちゃん」

「……おい、そこだけくり返すな。めっちゃ恥ずかしいやろ」

　すかさずツッこんだ祐に、二人だけでなくスタッフも笑う。

　店員に台本に沿った質問をしつつ、店内を見てまわった。質問の内容以外はこちらの裁量に任されているので自由に動いて話す。バイヤーの嗅覚が鋭いのだろう、女性物だけでなく男性物もセンスのある品が置いてあった。

「あ、これ今日祐が着てる服と同じブランドだ」

深みのある紫色のシャツをラックから取り出し、祐の上半身にあてる。彼の全身を改めて眺めた央太は、思わず大きく頷いた。

「カワイイ。今日穿いてるパンツの上に着てもいいな。こっちに鏡があるから見てみて」

祐を鏡の前まで引っ張っていった央太は、改めてシャツをあてがった。

「ほら、カワイイだろ」

「うーん、カワイイか？　トーキョー感出てる？」

女性たちとスタッフが噴き出した。「ナニワ感」の対比として、「トーキョー感」という言葉を持ち出したのがわかったのだろう。

央太が祐を「ナニワ感」が強いといじったのは、彼が東京に進出してきたばかりの頃だ。今はもう、その言葉を口にすることはほとんどないが、一般の人には浸透している。

「悪いけどトーキョー感は出てない」

「そしたらあかんやんか」

「祐は無理にトーキョー感出さなくていいんだよ。ナニワのままでカワイイから。凄く似合ってますよね」

店員を振り返って言うと、彼女らは何度も首を縦に振った。

「めっちゃ似合います。カワイイ」

「そのブランドを着こなせるの凄いです」

明らかに自分より年下の女性に、カッコイイ、ではなく、カワイイ、と言われて複雑な顔をしている祐に、ニッコリと笑いかける。

「これ、初ロケの記念に祐にプレゼントするよ」

「いやいや、逆やろ。わざわざ大阪に来てくれたんやから、俺がプレゼントせんと」

「でもこのシャツ、僕より祐の方が似合うし。店員さん、これ買います」

いそいそと寄ってきた店員がシャツを受け取る。

レジの方へ戻る彼女を見遣り、祐はひとつ頷いた。

「わかった。そしたら俺もお返しに、おまえに似合うやつを何か選んで買うわ」

「ええー……、祐が選ぶのかー……」

「嫌そうな顔すんな。俺のセンスが信用できんて言うんか」

「うん……」

「うんて。ちょっとカワイイ言い方なんが腹立つわ。町はこういうとこがあるんですよ、世間の皆さん。見た目に騙されたらあきません」

賑やかに話しながらマネージャーの佐藤に財布を渡してもらい、自腹で支払う。どうぞ、と

紙袋を祐に渡すと、彼は素直にありがとうと礼を言って受け取ってくれた。店員にお邪魔しましたと頭を下げ、次の店へ向かう。

特にひっかかることもないスムーズな撮影だった。ディレクターをはじめとするスタッフも、マネージャーたちも満足そうな顔をしている。

なんだ、大阪も東京もそんなに変わらないじゃん。

心の内でほっとする。自分ではいつも通りでいたつもりだが、祐にいろいろな情報を聞いていたせいで少し構えていたようだ。

「町、何かほしい物ないんか？」

「そうだなあ、新しいフライパンがほしい。鉄のやつ。鉄のフライパンを買ったときのために、ガスコンロがついてるマンション借りたんだ。ＩＨだと鉄のフライパンは使えないから」

「はあ？　なんじゃそら。フライパンはどれも鉄やろ」

「え、何言ってんだ、違うよ。ステンレスとかチタンとか、銅でできてるのもあるから」

「マジで？　知らんかった……」

他愛(たわい)ないやりとりをしながら歩いていると、向かい側から自転車に乗った男がやってきた。ジャージの上にジャンパーを羽織(はお)り、野球帽をかぶった六十歳くらいの男は、祐と町の傍(そば)で自転車を止める。

「あれー、ようテレビで見る顔やな！　せや、漫才師や、漫才師！」

声がやたらと大きい。そして遠慮というものが全くない。酔っ払いかと思ったが、完全にシラフのようだ。

どうしよう、挨拶だけはした方がいいのか。

央太が戸惑っている間に、祐がすかさず答えた。

「こんにちはー。すんません、お父さん、漫才師ではないんですよ」

「そうか？　ナントカいうコンテストで見た気ぃするけど。あ、こっちの兄ちゃんは何かのCMで見たな！」

祐よりも央太に興味があるらしく、男性はぐいぐいとこちらに迫ってきた。

「ああいうの出ると、やっぱり儲かるんか？」

「いやー、そんなこともないですけど」

「嘘つけ。儲かるやろ。なんぼもらえるんや。一千万か？　五千万くらいもらえるんか」

「いえいえ、そんな」

一向に引かない男性に頬がひきつった。

よりによってお金の話かよ。

大阪らしいといえばらしいが、肯定も否定もできない微妙な話題なのがまた困る。

「お父さん、お父さん。渋い自転車乗ってはりますけど、どっか行かはる途中やなかったんですか？　どっかええとこ行かはるんですか」

祐の何気ない質問に、おう！　と男は破顔した。

「そこの飲み屋へ一杯やりに行くねん！　あ、これテレビか。わし映ってるか？」

「最初からずーっと映ってます」

「そらあかんがな！　ここだけの話、今日はお母ちゃんに内緒で来てん。わしカットな、カットで頼むで！」

言うなり、男は再び自転車を漕ぎ出した。

なんだあれ……。

央太は啞然として男を見送った。マネージャー二人も呆気にとられているようだ。

一方、祐と大阪のスタッフは何事もなかったかのように平然としている。

祐、物凄く普通に会話してたな……。

邪険にせずうまく話をしていた。ディレクターも止める気配はなかった。

「あんな感じでよく話しかけられるのか？」

尋ねると、ああと祐はあっさり頷いた。

「この人知り合いやったっけ？　て思うときあるで」

「確かにそういうテンションだったな。びっくりした」

「さっきのオッチャンくらいの感じやったら、大阪以外でもいてはるやろ」

確かにいる。しかしあそこまで露骨な話題をふられることはほとんどない。それに央太は祐のように、普通に会話したことはない。最初からスタッフが近付けないようにしたり、途中で割って入ったりしてくれたからだ。完全にお膳立てされたロケしかしたことがないのだと改めて自覚する。

確かに僕は箱入りなのかも……。

祐はちらと笑った後、央太の背中を叩いた。

「次の店、そこの金物屋さんや。行くで」

あ、うん、と慌てて頷いた央太は、祐に続いてやかんやら鍋やらが雑然と並べられた古い店に入った。

「こんにちはー。すんません、お邪魔します」

はいはい、と奥から出てきたのはちんまりとした老女だった。少なくとも七十歳は超えているだろうが、年齢不詳だ。

彼女はこんにちはと頭を下げた央太ではなく祐を見て、ぱあ、と顔を輝かせた。

「あれー、ほんまに堂松君やないのー。うちな、前からファンやねん。会えて嬉しいわー」

「え、ほんまですか。こっちこそ嬉しいです。ありがとうございます」

老女が差し出した両手を、祐はやはり両手で握り返した。

「お店の中見せてもろてええですか?」

「もちろんええよ。あ、皆さんもどうぞ入ってくださいい」

祐の手を引っ張って店の奥へと歩いていく。央太は眼中にないらしく、スタッフと同じ扱いだ。スタッフたちは苦笑している。

なんだろう、僕、話しかけにくいオーラが出てるんだろうか。

それはまあいいとしても、台本と違うのはいいのか？

台本では、先ほどのセレクトショップのように店主に軽く挨拶をして、まずは祐と央太が店内を見ることになっていたのだ。

「あ、お母さん、この器きれいですね」

祐が足を止めたのは、ホーローの器が並んだ棚だ。どれにも柔らかな色彩で草花が描かれている。台本で紹介することになっていたそれを、祐は手に取った。そしてカメラが撮りやすいように少し体を引く。

ごく自然に祐が商品を眺め出したので、老女も足を止めた。

「あー、それなあ。最近、若い子ぉがときどき買うてってくれるんよ。もう何十年も売れんで在庫がいっぱいやったのに、不思議やわ。若い人には昔の物が珍しいんかなあ」

「今はあんまりないデザインがええんと違いますか？　きれいやし、昔の物の方が丈夫やったりするし。なあ」

祐に同意を求められ、うんと頷く。いつ会話に入ればいいか計りかねていたので助かった。

「女の子は特に好きなんじゃないかな。キッチンに置いておいてもカワイイですよね。このバットなんかは、アクセサリーとか化粧品を入れておく器にしてもいいし」

へえ、なるほどなあ、と老女は素直に感心する。そこでようやくまともに央太を見た。

「あれ、お兄ちゃん、たまにテレビで見る顔やな」

たまに、なのか……。

全国区の番組やCMにいくつも出ているのに、認知されていなかったらしい。だからリアクションが薄かったのだ。

「町央太といいます」

「まち君か。オトコマエやなあ。あ、けど、うちは堂松君の方が好きやで」

老女が祐の肩をぽんぽんと叩く。

ありがとうございますー、と祐はすかさず礼を言った。

「嬉しいです。いやー、俺の良さをわかってくれはる人がおってよかった」

「堂松君、男前やでー。やんちゃな感じがカッコエエ」

「えー、僕はだめですか?」

眉を寄せて言うと、老女は楽しげに笑った。

「だめやないけど、好みやないんよー。ごめんなあ」

「ふられた……」

「俺はマダムにウケがええねん」

カメラ目線でにやりと笑った祐は、再び商品棚に視線を戻す。

「あ、お母さん、あれは何ですか？」

「あれは弁当箱や。うちの息子が幼稚園くらいのときは皆、ああいう弁当箱を持ってたけど、堂松君の小さい頃にはもうなかったかもしれんなあ。あれもときどき売れるんよ」

「そうなんや。子供用やから小さいんですね。ダイエット中の女の子やったら、それくらいでちょうどええんかもしれんなあ」

——凄い。なんだかんだで台本通りに進行してる。

細かいところはかなり違うが、要所は確実に押さえている。ロケディレクターが古い店の進行を祐に任せたのは、台本無視の年配の人とも、うまくやりとりできるからだろう。そして年配の人には、全国区のプライムタイムに多くの番組を持っている央太より、かつて関西ローカルの昼の帯番組に出ていた祐の方が、圧倒的に知名度がある。

僕はほんとにロケに関しては素人以下だ……。


ロケは途中三十分の休憩を入れて約六時間で終了した。

一時間番組で六時間だから、祐が言っていた通り「町央太」仕様のロケだったらしい。

とはいえ東京の番組に比べると長い。

正直疲れた。長さもだが、関西のノリについていけないストレスがきつい。若者はそれほど東京との違いは感じないが、年配の人のノリは独特だ。

「おまえがおると短うて済むから助かるわ。さすが町央太」

祐はそう言いながらトップスを脱いだ。そして昼間町が買ったシャツをバサッと羽織る。

くそ、カッコイイ。好き。

場所はテレビ局の楽屋である。二十分後に番組についての取材を受けるのだ。

佐藤と岸部はプロデューサーやディレクターと話しているらしく、ここにはいない。

シャツのボタンをとめながら、祐はソファに腰かけた町をちらと見た。

「疲れたやろ」

「や、大丈夫」

今更ながら背筋を伸ばすと、祐は小さく笑って歩み寄ってきた。人差し指で町の額を軽く突く。

「嘘つけ。ぐったりした顔しとるやないか。まあおまえの気持ちはわかる。俺も東京に引っ越したばっかりのときはかなり疲れたからな。慣れんことして大変やったやろ、ご苦労さん」

よしよし、という風に頬を撫でられる。しゃんとせえと突き放されるかと思ったのに、慰められてしまった。

こういうとこがまた絶妙なんだよな……。

町が恋人だからなのか、不意打ちで甘やかしてくる。

「祐は凄いな。ていうか東京へ来る地方の芸人は皆凄い。実質二回売れないとだめって、改めて考えるとえぐい」

「そうや。いっぺん地方で売れて、東京でもういっぺん売れるんはえぐいねん。尊敬してええぞ」

「する。めちゃくちゃ尊敬する」

素直に応じたのがおかしかったのが、祐は笑った。

「なんやかやでロケはうまいことといったやないか。もう二、三回したら慣れるて」

「ほんとかよ……。箱入りとか言ってたくせに……」

「なんや、気にしてたんか。ごめんごめん。どや、似合うか?」

祐は央太から少し離れ、両手を広げてみせた。

思った通り、深い紫色のシャツは彼によく似合っている。

「似合う。凄くカワイイ」

「アホのひとつ覚えみたいにカワイイばっかり言うな。店でもカワイイカワイイ言いやがって。カッコエエて言えや」

文句を言いながらも、祐はスマホを差し出してきた。写真を撮ってほしいらしい。今回のロ

ケが放送された後でSNSにアップするためだろう、
央太は受け取ったスマホで早速祐の全身を連写した。

やっぱり凄くカワイイ。好き。

「これ、後で僕にも送ってくれる？」

「おう、ええぞ。はい、交代。おまえもフライパン持て」

うんと頷いて祐にスマホを渡し、買ってもらったフライパンの箱を袋から取り出す。先ほど商店街の金物屋でロケをしているときに見つけた。まさに理想通りのフライパンに食いつくと、祐がシャツのお礼に買うたると言ってくれたのだ。

「おお、さすが鉄、重い。黒い、厳つい。すげえカッコイイ」

「俺はカワイイで、フライパンはカッコエエんかい。おまえのカッコエエ基準はどうなってんねん」

祐が笑ってスマホを構える。フライパンを顔の横に持ってきてニッコリ笑うと写真を撮られた。違うポーズ、と祐に促されて料理をしている格好をすると、また写真を撮られる。

「カッコよく撮れてる？」

「んー、まあまあや」

「まあまあかよ。祐の腕が悪いんじゃないの？」

「アホ、俺の腕は一流や。ほれ、くるっとまわれ、くるっと」

「え、何？　動画撮ってんの？」

「違うけどまわれ。俺が見たいから」

「はあ？　なんだそれ。じゃあ後で祐もくるっとまわれよ」

「嫌や。断る」

なんでだよ、と文句を言いつつもターンしてみせると、ええぞ、もっとまわれ、と祐が笑う。

楽しい。こうして祐とじゃれていると、みるみるうちに疲れがとれる。

取材を受ける元気が出てきたかも。

コンコンコン、とふいにドアがノックされて、はい、と応じる。

「失礼しまーす……」

遠慮がちな挨拶と共に、そうっと開いたドアから顔を覗かせたのは二人の若い女性だった。

コロコロとした体型の女の子とひょろりと背が高い痩(や)せぎすの女の子は、祐を見つけてパッと顔を輝かせた。二人とも、一度見たら忘れられない個性的な風貌(ふうぼう)である。確か漫才コンビ『あやとり』だ。若手中心のライブに出ていた映像を見たことがある。

二人は慌てたように央太にペコリと頭を下げたものの、すぐ祐に向き直った。

「お邪魔してすんません。堂松さん、おはようございます！」

「お久しぶりです！」

「おう、久しぶりやな。なんや、局におるってことは仕事もらえたんか？」

気安く尋ねた祐に、そろって首を横に振る。

「いえ、今日はネタ番組のオーディションを受けにきたんです」

「小橋さんに堂松さんが帰ってきてはるて聞いて、ご挨拶をと思て」

祐、女性のコンビにも慕われてるんだ……。

芸人の世界でも女性の進出は目ざましい。昔は少数の女性芸人に対してセクハラが公然と行われていたと聞くが、今は逆に、普通に接しているつもりでもセクハラになる可能性を考えて、女性芸人と一定の距離を置く芸人もいる。央太もそのうちの一人だ。顔を合わせれば話をするし、番組の打ち上げには同席するが、プライベートで食事をしたり飲みに行ったりは滅多にしない。

大阪の芸人は男女関係なく親しくしてるのか？　それとも、祐が特別なのか。

「わざわざありがとうな。で、オーディションの結果はどうやったんや」

遠慮なしに問われ、二人はがっくりと肩を落とした。

「だめでした……」

「今回は自信あったんですけど……」

そうか、と祐が残念そうに応じる。

「前やってた結婚式のネタとは違うネタをやったんやな？」

「はい、新ネタです」

「そら楽しみや。また見せてくれるか？」

はい！　と二人が勢いよく頷いたそのとき、再びドアがノックされた。

失礼いたします、と顔を覗かせたのは、またしても女性だった。年は三十くらいか。眼鏡をかけ、髪を後ろで束ねている。

「本日取材をお願いしておりました関西キラリの上林です。あ、お邪魔でしたか。すんません」

楽屋に『あやとり』がいるのを見て引っ込もうとした彼女に、いえいえ、と『あやとり』の二人は慌てて首を横に振る。

「私らはすぐに出ますんで。堂松さん、町さん、お忙しいのにお邪魔しました！」

「堂松さん、いつもの居酒屋でまた一緒に飲んでください。そんときにネタの相談に乗ってもらえるとありがたいです。そしたら、失礼します！」

取材の邪魔をしてはいけないと思ったらしく、二人はバタバタと慌ただしく出て行く。

いつもの居酒屋、か……。

きっと祐が大阪の後輩たちとよく飲んでいた店なのだろう。

――あ、もしかして今日も誰かと飲むのか？

祐は一泊するのだ。遅くまで飲んでも問題はない。きっと誰かが祐を誘う。

なんとなくもやもやした気持ちになっていると、残された女性に祐が声をかけた。

「お久しぶりです、上林さん。一年ぶりですね」

「あ、覚えててくれはりましたか！」

女性はパッと笑顔になる。祐も笑みを浮かべて頷いた。

「もちろんです。東京進出の直前に取材してくれはったたん、嬉しかったですから」

「いえいえ、そんな。こうやってまた取材を受けてくれはって、しかも覚えててくれはって、こちらこそ嬉しいです」

なんだ、この祐無双……。

祐はフェミニストというわけではないし、特別女性に優しいわけでもない。ただ、お笑いに関しては男女関係なくフラットに見ている。男だろうが女だろうが、おもしろいものはおもしろい。多少言葉がきつくても、その公平なスタンスが伝わるから、特に仕事関係の女性に慕われるのだろう。

そういうところも好きだ。心底カッコイイと思うし、見習わなくてはと思う。

でも、おもしろくない。


「町、最近調子悪いか？」

そう尋ねてきたのは、マネージャーの佐藤だ。

空調のきいたテレビ局の楽屋にいるのは、央太と佐藤の二人だけである。

有名ミュージシャンがＭＣを務める音楽番組にトークゲストとして単独で招かれたので、他のバンドのメンバーはいない。もちろん祐もいない。

「調子が悪いように見えますか？」

「ちょっとな。仕事はちゃんとやってるけど、楽屋に戻るとため息の数が多い」

さすが佐藤さん、よく見てるな。

内心で舌を巻きつつも、大丈夫ですよと答える。

「調子は良いです」

「そうか？　大阪の仕事、戸惑うこともあるだろうけど、番組的にはうまくいってるから気にするな」

「はい、ありがとうございます」

大阪での仕事が原因だと気付いているところも鋭い。さすがは事務所のチーフマネージャーやテレビ局の制作スタッフに一目置かれる存在である。

でも、正確に言うと仕事だけが原因じゃない。

大阪の番組の収録が始まって約一ヵ月。初回のスペシャルが放送されて一週間。評判は上々だ。町が祐を含めたいわゆる「大阪人」に振りまわされているのが、関西の人たちに受けているらしい。一日遅れでネット上に公開された動画も、順調に再生回数を伸ばしている。昨日、祐と共にインスタグラムにあげた写真や動画も好評だ。祐と一緒の番組が評価されたのは嬉しい。

けど、僕はその日のうちにとんぼ帰りなのに、祐は一泊するのが習慣化してるのはどうなんだ。

央太の方がこなしている仕事が多いから、早く東京へ戻る必要がある。だからとんぼ帰りは当然といえば当然だが、どうにも理不尽だ。

なにしろ祐は一泊する日、芸人やスタッフと必ず飲んでいるのだ。

師匠方や後輩たち、同期、先輩、地元の友人、と相手は様々らしい。東京へ進出して一年間、祐はほとんど大阪に帰っていなかったから、彼を慕う人たちが大挙して誘ってくるようだ。

祐が一人で大阪に戻っていたなら、それほど気にならなかっただろう。

しかし彼が大阪で慕われている様を目の当たりした今、もやもやする。

大阪におるときもモテてたけど、という大阪のチーフディレクターの言葉が脳裏をよぎった。女性コンビの『あやとり』や雑誌の取材に来た女性、果ては番組の女性プロデューサーまで、具体的に顔を思い浮かべることができてしまうのが嫌だ。男性の中にも、カムアウトしていないだけで祐に好意を寄せている者がいるかもしれない。

祐が浮気をするとは思わないが、言い寄られているのを想像するだけでもムッとしてしまう。

初回のロケの後、二回ロケに行ったにもかかわらずまだ大阪に慣れないことが、余計に焦りを生んでいる気がした。漫才師の師匠に祐をフォローしてやってくれと頼まれたが、こちらが助けられている状態だ。

我知らずため息を漏らすと、佐藤がまた口を開いた。

「さっき事務所から連絡があったんだけど、半年前に出したおまえの小説、実写映画化の話がきてるそうだ。ＯＫしてもいいか？」

「あ、はい。もちろんです。ありがとうございます」

央太は素直に頭を下げた。映画がきっかけで本を手に取ってくれる人も大勢いるのでありがたい。

佐藤はなぜか眉を動かしてこちらに視線を向けた。

「じゃあＯＫするぞ。わかってると思うけどまだオフレコだからな。情報出すなよ」

「はい、わかってます。よろしくお願いします」

うんと頷いた佐藤は、スマホを取り出してどこかへ連絡を入れた。

机に置いておいたスマホが鳴って、町も自分のそれを手に取る。祐からだ。

――昼間から温泉めぐり最高。

休憩中か移動中に送ったのだろう、浴衣（ゆかた）を身につけた写真もついていた。共演者の先輩芸人二人と一緒に写っているのはともかく、やはりカワイイ。襟元（えりもと）が少し緩（ゆる）んでいるのは動きまわったせいか。

祐は今、特番のロケで温泉に行っているのだ。明日の大阪の番組のロケには、温泉地から直接向かうらしい。

僕もまだ祐の浴衣姿をナマで見たことないのに、ずるい。

温泉まで飛んで行って祐の浴衣の襟元を直したい衝動に駆られつつ、僕は楽屋にいます、温泉いいな、温泉饅頭買ってきて、と返す。温泉饅頭好きなんか、とすぐに返事があった。超好物、と返すと、わかった、山ほど買うて帰ったる、と返ってくる。

たぶん、僕がもやもやしてるのわかってるんだな。

だからこうしてマメに連絡をくれるのだ。嬉しいけれど情けない。

今まで付き合った女性に対しても男性に対しても、こんな風になったことはなかった。どちらかというと、央太が相手を気遣うのが常で、嫉妬もほとんどしなかった。

もっとも、祐ほど好きになった人も、興味を引かれた人もいないのだが。

あー、祐としたい……。

完全にダメな大人の考えになっていることを自覚しつつ、しみじみ思う。

この一ヵ月の間に、お互いに時間を作って一度だけセックスをした。うつぶせた体に背後から押し入ると、祐は掠れた声をあげて極まった。火傷をしそうなくらい熱い内壁が淫らに吸いついてきて、央太もつられて達しそうになった。結局二回したのだが、全く足りなかった。しかもあの日以来、十日ほどしていない。

体をつないだからといってもやもやが解消されるわけではないことは、既に実証済みだ。しかし祐がくれる極上の快感が恋しい。

こんなにセックスがしたいのも、祐が初めてだ。

「うまくいってないのか？」

ふいに問われて、え、と思わず声をあげる。

佐藤は手許のタブレットに視線を落としていた。

佐藤さん、僕と祐が付き合ってることに気付いてるんだ。

映画化の話が嬉しかったのは本当だ。しかし今までのようにはテンションが上がらなかったから、深刻な事態になっているのかと思ったのかもしれない。

敢えて祐の名前を出さないのは、気遣いか、信頼か。

——恐らく両方だ。

佐藤はデビュー当時からの担当マネージャーである。やりたいと言ったことは、何でもやらせてくれた。彼の実行力とプロデュース力、周囲への気配り、そして的確なアドバイスのおかげでここまでこられたと言っても過言ではない。

若い頃は恋愛に対して苦言を呈されたこともあったが、央太も三十をすぎた。さすがにもう迂闊な言動やいい加減な態度はとらないと思われているのだろう。その信頼の元に自由にさせてくれている。佐藤に同性愛への偏見がなかったのも幸いだった。

もちろん、央太への信頼だけでなく祐への信頼もあるだろう。この一年で、彼の才能や仕事に対する真摯な姿勢は、充分理解できているはずだ。

「いえ、大丈夫です。すみません」

真面目に答えると、そうか、と佐藤は何でもないことのように頷いた。その視線はタブレットに向かったままだ。

「明日の大阪のロケ、おまえも泊まりにしたから。堂松と一緒のホテルをとっといた」

「えっ、いいんですか？」

「明後日は夜まで仕事がないから特別だ。そこそこ良いホテルだからゆっくりしてくるといい。僕は先に東京へ帰るから、次の日に堂松と岸部と一緒に帰ってこい。あんまり羽目をはずさないようにな」

「はい、ありがとうございます！」

思わず礼を言うと、佐藤はようやく顔を上げた。そしてじっと見つめてくる。

「今のおまえ、ちょっとおもしろいな」

「え、なんですかそれ……」

「いい付き合いをしてるんだなと思って。三十でそういう出会いがあったのは、おまえにとって幸運だったと思う。人間的な幅ができたし、隙もできた」

佐藤はちらと白い歯を見せて笑った。全部お見通し、という感じだ。

なんだかばつが悪くて、央太は首をすくめた。

「前は隙がなかったってことですか？」

「実際はあったんだろうが、ないように見えたよ。ただ、二十代には若さがある。若さが隙になって、それが可愛げになってた。けど年を重ねたらそうはいかない。官僚とか政治家じゃあるまいし、完璧な老獪さなんて誰がわざわざ見たがるんだ。そんな物、鼻につくだけだろう」

「つまり、隙はないよりあった方がいいと」

「いい具合に隙があった方が愛される。芸人もミュージシャンも俳優も、芸能人は愛されてなんぼだと僕は思う」

うんとひとつ頷いた佐藤は、再びタブレットに視線を落とした。

佐藤さん、本当に僕のことをいろいろ考えてくれてるんだな……。

改めて感謝の念が湧いてきたそのとき、またスマホが音をたてた。

――明日、大阪で会うときに渡すわ。

温泉饅頭の箱の写真が添付されている。早速購入してくれたらしい。

箱の向こう側に祐の笑顔がぼやけて写っていて、我知らず頬が緩んだ。

饅頭より祐の顔の方が見たいんだけど。

早く会いたい、と思う。

祐に会って、このもやもやを少しでも軽くしたい。

その日の大阪のロケは動物園で行われた。動物園で二本撮りである。

央太も祐も動物に詳しいわけではないし、ペットを飼っているわけでもない。そして件の動物園に特別珍しい動物がいるわけでもない。

一本ならともかく二本もどうすんだ、と思っていたが、案内してくれた園長や飼育員が個性的で、なおかつしゃべりが上手かったので、充分尺がとれた。もちろん祐が彼らをうまくまわしたからこそおもしろくなったのだが、それを抜きにしても、とても素人とは思えないトーク力だった。

凄いな、大阪……。

「そやろ、凄いやろ」

思ったことがそのまま口に出ていたらしく、祐が屈託なく笑う。

「動物より飼育員さんのキャラで来場者が増えてるらしいから、取材慣れしてはるのもあるやろうけどな。あ、もちろん大阪人やからって、全員しゃべりがうまいわけやないで。無口な人とか口下手な人とか、人見知りもおるから」

「ほんとかよ……」

「ほんまや。賑やかな人との差がでかいから、他所の土地より目立たへんだけ」

祐と話しながらロケ車へ移動する。

ああ、やっぱり祐と直に話すのはいい。

所詮、写真は写真、動画は動画だ。

朝からロケを始めて七時間ほどが経ったのに、足取りが軽い。今日は比較的暖かく、気候もよかった。昼頃までは生憎の曇り空だったが、午後になって晴れてきたのだ。今はもう桃色の夕空が頭上に広がっている。

「おまえ、今日ずっと嬉しそうやな」

「え、そう?」

「そうや。そんなに温泉饅頭が嬉しかったんか」

ロケに入る前に温泉饅頭をもらったのだ。饅頭はもちろんスタッフにも差し入れられた。央太が東京でしか買えない老舗の煎餅を差し入れたのは、祐に事前に差し入れの内容を確認したからである。甘い物ばかりより、塩辛い物もあった方がいいと考えた。

「温泉饅頭も嬉しかったけど、三日ぶりに祐に会えたのが嬉しくて」

素直に答えると、祐は一瞬言葉につまった。

その頬が赤く染まって見えるのは、夕日のせいではあるまい。

畜生。カワイイ。好き。

今日、大阪で一泊できるようにしてくれた佐藤には感謝しかない。

「おまえ、そういうことしれっとよう言うな。今までも三日くらい会わんことあったやろが」

「あったな。でも、今日はほんとに会えて嬉しかったから。あのさ、今日は僕も泊まりなんだ。だから」

今夜は一緒にすごそうと言いかけたそのとき、堂松君、と背後から声がかかった。

慌てたように駆け寄ってきたのは岸部だ。

「ごめん、明日に入ってた自治体の取材、市長さんの都合で急に予定変更になっちゃった。今から行くけど大丈夫？」

「はい、大丈夫です」

「あっちにタクシー乗り場があるから。町君、悪いけど先に一人でホテルに戻っててくれる？」

「あ、はい。わかりました」

央太が泊まりだと佐藤に聞いているらしい岸部は、それじゃ！　と素早く踵(きびす)を返す。

すぐ後に続くかと思った祐は、こちらを見上げてきた。

「ホテル、俺が泊まってるとこと一緒か？」

「うん。佐藤さんが部屋をとってくれた」

「そうか、わかった。後で連絡する」

央太の肩を軽く叩いた祐は岸辺の後を追った。数メートル走ったところで、肩越しに振り返って小さく手を振る。

あ、僕が見送ってるのがわかったから振り向いてくれたのか。

きゅ、と胸が痛んで、央太は驚いた。

祐と付き合って一年。三十歳を超えて一年が経つ。

それでもまだ、初めて恋をしたときのような心地になるなんて。

改めて祐は特別だと思う。信頼できる仕事仲間であり、気心の知れた親友であり、初恋を思い起こさせてくれる愛しい人であり、かつてないほど欲情する恋人でもある。

央太にとっては、まさに奇跡のような存在だ。だからこそ嫉妬してしまう。

小さく息を吐いた央太は、改めてロケバスへと歩き出した。

祐がホテルに戻ってきたら、とりあえずめちゃくちゃキスしよう。


ホテルで風呂に入った央太は、スマホの時刻表示を確認した。七時十二分。

動物園で祐と別れたのは四時半頃だった。自治体に関係した取材のようだったから、そう長くはかかるまい。もう終わってもいいだろう。

水でも飲もうと目を離した隙にスマホが音をたてて、央太は慌てて画面を確認した。

祐からメッセージが届いている。

――悪い。ちょっと遅くなる。

思わず顔をしかめつつ、何かあった？　と素早く返す。

――すまん、ちょっとだけ飲み会に顔出してから戻る。夕飯もう食べたかもしれんけど、もし食べてへんのやったら先に食べといてくれ。

「ええー……」

央太は小さく声をあげ、ベッドにドスンと腰を下ろした。

夕飯はまだ食べていない。祐と一緒に食べようと思っていたのだ。

久々のいちゃいちゃタイムを邪魔した奴は誰だ。

どこで誰と飲むんだ、と素早く文字を入力したところでハタと手を止める。

なんだこれ。束縛の激しい男みたいじゃん。

焦って文字を消し、わかった、待ってる、と改めてメッセージを送りはしたものの、苛立ちは一向に治まらなかった。あー！　と声をあげて布団に寝転がる。

せっかく泊まりにしてもらったのに、祐がいないんじゃ意味ない！

ガバ！　と勢いよく起き上がった央太は、手に持ったままでいたスマホを操作し始めた。

心当たりのある大阪の芸人のSNSを片っ端からチェックする。祐と飲むことになったとしたら、きっと誰かがそれらしい情報をあげているはずだ。

あ、でも師匠世代だったらSNSをやってないからわかんないか。

もっとも、SNSを使いこなしていたとしても、情報をあげなければそれまでだが。

あれこれ考えを巡らせつつスマホを触っていると、これから尊敬する先輩と飲みます！　という文章が目に飛び込んできた。久しぶりやからめっちゃ嬉しい！　と続いている。

ツイッターを更新していたのは、『あやとり』のコロッとした体型の女性だ。

サッと血の気が引く。

久しぶりって、たぶん祐のことだよな。まさか二人きりじゃないよな？

祐は飲み会に顔を出すと送ってきた。二人きりで飲むのに「飲み会」とは言わないだろう。や、でも、予測変換で出てきた言葉をそのまま入力した可能性もある。

祐は繊細なところがある一方で、驚くほど大雑把でもあるのだ。言いたいことが伝わればOKとばかりに、深く考えずに入力したかもしれない。

他に祐と飲むことをあげている者はいないか捜す。現時点ではいないようだ。

——とにかく、ちょっと落ち着け俺。

大きく息を吐いた央太は、スマホを一旦サイドテーブルに置いた。ベッドから離れ、冷蔵庫から水を取り出す。

祐が浮気をするわけがない。彼が誠実であることはもちろんだが、もともと恋愛にそれほど関心があるタイプではないと思う。央太と付き合うまで、三年間も恋人がいなかったのがその証拠だ。東京進出に集中しとったから、と祐は言っていたが、恋愛体質の人間ならどんな状況でも恋人を作るだろう。

だから大丈夫。何も気にすることはない。

ゆっくりと喉を潤し、再び大きく息をつく。

「……」

だめだ。全然落ち着けない。

なにしろここは大阪だ。古くからの知り合いのように撮影に入り込む人、撮影中でもおかまいなしに話しかけてくる人、次々に現れる素人離れしたしゃべりの達人、何人か遭遇した小学生ですら「間」を心得ていた。東京に進出したばかりの祐をナニワ感が強いと散々いじったが、本場の「ナニワ感」に束になってかかってこられた今、祐のそれはまだ控え目だったのだと実感する。

そして央太にとって、大阪は完全なアウェーだ。この一年で誰よりたくさん知ったと思っていた祐ですら、見たこともない一面を覗かせる。想定外のハプニングが起こってもおかしくない。

このままホテルでじっと待っているなんて、とてもできない。

央太は再びスマホを手にとり、僕も行っていい？　と素早く入力した。

祐の返事を待たず、身につけていたスウェットを乱暴に脱ぎ捨てる。ベッドの脇に置いておいたスポーツバッグからシャツとパンツを出して着替えた。

靴下を履き、腕時計をつけたところで返事が返ってくる。

——来てもええけど、疲れてへんのか？

「大丈夫、お店の場所教えて」

言いながら入力した文章を送る。そしてまた返事を待たず、スリッパからスニーカーに履き替える。

足早に部屋を出たところで返信があった。店の名前と場所が記されている。

とりあえず、央太に来られて困るわけではないようだ。思わずほっと息をつく。

しかし、飲む相手が気になることに変わりはない。

久々に大阪の後輩と飲んでんのに邪魔すんなって後で怒られるかもしれないけど、そのときはそのときだ！

央太はホテルの廊下を迷うことなく駆け出した。


祐が教えてくれた店は、繁華街の片隅にある年季の入った小さな居酒屋だった。幸い、年配のタクシーの運転手は央太に気付かなかったらしく、あれこれ質問されることなくスムーズに店に到着することができた。

タクシーを降りて早速店へ入ると、らっしゃいっせー！　と威勢の良い声が迎えてくれた。

ほとんどの席が客で埋まっている。外国人もいた。

何人かが央太に気付く。えっ？　本物？　マジで？　と声をあげる彼らに、こんばんはー、と笑顔で会釈をしつつ祐を探した。

祐は一番奥の席にいた。こちらに背を向けていたが、客のざわめきに気付いて振り返る。

本当に来るとは思っていなかったのか、目を丸くした。が、すぐに軽く手を振ってくれる。

あきれているようだが怒っている様子はなくて、央太は安堵の胸をなでおろした。

手を振り返し、祐の周りにいる人物を素早く見まわす。『あやとり』の二人と『ビバーナム』の小野寺、『バターチョコ』の穂高、そして名前を知らない男が一人いる。祐を入れて六人で飲んでいたようだ。

こんばんは、と声をかけると、後輩たちはわっと盛り上がった。

「ほんまに来てくれはったんすね！」

「やべえ、生で見てもカッコイイ」

「背ぇ高いっすね！　マジで脚長っ！」

口々に騒ぐ後輩たちに、おいおいと祐がツッコむ。

「俺が来たときとえらい違いやないか」

「祐さんは見慣れてますから」

「あと、町さんの方がカッコエエし」

後輩たちが砕けた物言いなのは、多少酔いがまわっているからだろう。

鷹揚に笑った祐は、隣にいた小野寺の頭を小突いた。

「アホ、世の中にはたとえ真実でも、口に出してええこととあかんことがあるんやぞ」

小野寺は小突かれたというのに嬉しそうだ。

とりあえず、色っぽい雰囲気は全然ないな……。

ごく普通の後輩との飲み会のようだ。

どうぞどうぞ、と穂高に促されて祐の横に腰を下ろす。するとまた後輩たちが沸いた。

「祐さんと町さんが並んでるこの構図、テレビでよう見るやつー」

「堂松さん、ほんまに町さんと共演してるんすね」

「どういう意味や。信じてへんかったんか?」

「そういうわけやないすけど。なんか目の前にするとすげえっす」

祐も含めて、皆楽しそうだ。

やっぱり心配することなかった……。

祐と目が合った。わざわざ来るてどうしてん、と目顔で問われる。央太がもやもやしているのは察していたはずだが、誘われてもいない飲み会に駆けつけるほど切羽つまっているとは思っていなかったのだろう。

央太はただ自嘲の笑みを浮かべてみせた。

後でちゃんと説明する必要がありそうだ。


祐と央太は一時間ほどで居酒屋を後にした。

明日早いからすまん、と祐が札をテーブルに置こうとしたのを止めたのは央太だ。皆で楽しんでるのに邪魔してごめんと本心から謝って、代わりにお金を出した。まだキャッシュレス化していない店だったので、現金を持ってきていて正解だった。

後輩たちは、あざーす！　と嬉しそうに礼を言ってくれた。社交辞令かもしれないが、またぜひいろんな話聞かせてください、とも言われた。

「で？　なんでわざわざ来てん」

酔いを覚ます意味も込め、一旦各々の部屋に引き上げてシャワーを浴びた後、央太は祐の部屋を訪ねた。

Tシャツにスウェットのズボンという風呂あがりの格好の祐は、腕組みをして堂々とベッドに腰かけている。

対する央太は彼の正面に立っていた。悪戯をして先生に叱られている生徒の気分だ。空調がきいているはずなのに、背中に汗が滲む。

「祐が誰と飲んでるか気になって……」

「俺が遅なるて連絡したときに、誰と一緒か聞いたらよかったやろ」

「聞いたとしても気になったと思う」

「俺が嘘つくと思たんか？」

「違う。そんなことは思ってない。でも気になるんだ」

「なんで」

「祐が好きだから。僕自身が大阪にまだ慣れないのもあるけど、大阪にいる祐にも慣れなくて。僕は祐の大阪時代を知らないから不安になった。あと、放っておかれた気持ちになって、寂しくなったのもあると思う」

嘘偽りなのない本音を口にすると、ふうん、と祐は相づちを打った。

唇の端がわずかに引きつったのは、怒りを堪えているせいか。それとも、あきれているのか。

「祐を疑ったわけじゃないんだ。でも、結果的に疑うことになっちゃったかもしれない」

「うん、まあそうやな」

「ごめんなさい。僕が悪かった」

央太は真摯に頭を下げた。祐は何も悪くないのに、勝手に不安になってパニックになったのは事実だ――そう、ホテルから飛び出したときは、まさにパニック状態だった。祐が不快に思っても不思議はない。

項垂れていると、ぶは、とふいに祐が噴き出した。

予想もしていなかった反応に、思わず顔をあげる。

祐はなぜか腹を抱えて爆笑していた。涙まで滲ませている。

「ちょっと。なんで笑うんだよ」

「や、ごめ……、ふは、せやかて、おまえが……、まさか、そんな、んふ、ぐずぐずになるて、思わんかって……」

そこまで言ったところで我慢できなくなったらしく、んぐふ！　とまた派手に噴き出す。

ベッドに転がってひいひいと笑う祐に、央太は安堵するよりもムッとした。

「こっちは真剣なんだぞ。大阪は完全にアウェーだし、知らない人だらけだし、祐も僕の知らない顔するし、不安になっても仕方ないだろ」

「うん……、うん、そうやな。笑たりして悪かった」

ようやく笑いを収めた祐は、ベッドに寝転がったまま来い来いと手招きした。

遠慮なく仰向けに横たわった体にのしかかり、ぎゅっと抱きしめる。服越しに体温が伝わってきて、我知らず大きく息をついた。気持ちがいい。

すると、祐が優しく頭を撫でてくれた。

「思たより大阪ショックが大きかったんやな」

「そうだよ。僕は箱入りですから」

「拗ねんなて。おまえがぐずぐずになってんのはわかってた。せやからいつもよりマメに連絡してたやろ。俺なりに甘やかしてたつもりやねんけど」

「うん、そうだな。甘やかしてくれてた」

「ずっと大阪におるわけやないし、それでなんとか乗り切るやろうて思てたんや。まさか一ヵ月経っても、ぐずぐずのままやとは思わんかった」

「情けなくてごめん……」

「謝んな。俺も、知らんかったおまえの一面が見れて嬉しかったわ。町央太がぐずぐずになってんのを見れるん、俺だけやろうし」

小さく笑った祐は、央太の顔を両手で挟んで自分の方を向かせた。まっすぐ見つめてくる真っ黒い瞳には、愛しさが滲んでいる。

じん、と胸の奥が熱く痺れた。

「後輩に嫉妬したんか」

「ちょっと。祐、男だけじゃなくて女の子にも優しいから」

「俺が戻ってこんで寂しかった？」

「寂しかった」

今更取り繕う必要もない。正直に答える。

思わず、といった感じで整った白い歯を見せて笑った祐は、ちゅ、と音をたてて唇にキスをしてくれた。

「俺の気持ち、ちょっとはわかったか」

「祐の気持ちって？」

「おまえには俺の知らん付き合いがいっぱいあるやろ。俺もおまえのこと信頼してるけど、東京はアウェーやし、気になるときもあるねん」

「え、そうなの？　大丈夫だよ、絶対浮気なんかしないから。僕は祐じゃないとだめだもん」

わかってる、と嬉しそうに頷いた祐は、またキスをする。

かと思うと、央太の頬から手を離して背中に腕をまわした。間を置かず、腕に力を込めて央太と体を入れ替える。のしかかる体勢だったのが、のしかかられる体勢に変わった。セミダブルのベッドは、男二人の体を難なく受け止めてくれる。

央太の腹に跨った祐は、おもむろに上半身を起こした。央太を見下ろしてニッコリ笑う。

「よし、やるぞ」

「え、やるんだ。唐突だな」

「気が乗らんのやったらやめとこか？」

素っ気なく尋ねつつも、祐はTシャツを脱ぎ捨てた。たちまち露わになった上半身を、間接照明の柔らかい光が照らし出す。

　薄い胸を飾る濃い色の突起が淫靡に光るのを目の当たりにして、ごくりと喉が鳴った。

「する。したい。しよう」

「おまえ、たまにアホみたいな言い方するよな。まあ、俺の前でだけみたいやからええけど」

　あきれたように言いながら、祐は央太のTシャツの裾に手を入れた。迷わずに腹から胸に手を這わせ、生地をたくし上げる。

「バンザイせえ、バンザイ」

「なに、脱がせてくれんの？」

　素直に両腕をあげて肩を浮かせると、祐はやや乱暴に央太のTシャツを引っ張って脱がせた。外気にさらされた央太の上半身を見下ろし、ぺろりと唇を舐める。かと思うとおもむろに上体を倒して乳首に舌を這わせた。桃色の舌が艶めかしく蠢く。意外と長い睫を従えた瞼は、微かに震えている。

　央太の視線を感じたらしく、祐は熱心に乳首を舐めながら上目遣いでこちらを見た。真っ黒い瞳は情欲に潤んでいる。

　うわ、えっろ……！

　乳首でそれほど感じるわけではないが、視覚的に煽られる。

　男同士のセックスの経験がなかった祐は、初めてのときこそ戸惑っていたものの、やり方を心得てからは積極的になった。いわゆるマグロになることはほとんどなく、自ら快感を求めてくる。その大胆な行動や仕種、蕩けた表情、感じたままにあがる嬌声がまた、たまらなく色っぽくていやらしい。

祐も僕とするのが好きだし、凄く気持ちいいんだ。

そう思うと興奮はいや増す。

央太の息が上がったのを耳で捉えたのか、祐はスウェットのズボンの中に手を入れてきた。既に形を変え始めている性器を引きずり出し、いきなり強く擦る。

「あ、ちょ、だめだって……。そんなにしたら、出るから……！」

焦って身じろぎすると、祐はようやく乳首から口を離した。同時に劣情からも手を離す。

そそり立ったものを改めて見て、祐は瞬きをした。

「えらい早いな」

「祐が、エロいからだろ」

「うん、まあそらエロいやろな。おまえとやってるんやから」

に、と白い歯を見せて笑った祐は、ズボンのポケットからゴムをいくつか取り出した。ひとつを手に取り、残りはポイとベッドに放る。

「準備がいいですね……」

「おまえと一緒のときはだいたい持ってるで。いつできるかわからんからな。おまえは持ってきてへんのか?」

央太の性器にゴムをかぶせつつ、祐が悪戯っぽく尋ねてきた。

わざとか、そうでないのかはわからないが、上目遣いにそそられる。

畜生。めちゃくちゃエロい。好き。

「もちろん、持ってきてるよ。でも部屋にある」

「そしたらそれは、またの機会に使おか」

ゴムをつけ終えた祐は、よし、という風に頷いた。間を置かず、自分のズボンに手をかけて下着ごと引きずり下ろす。たちまち露わになった彼の劣情も、ゆるりと立ち上がっていた。

あ、マジで凄くエロい。

肌の肌理(きめ)が細かいせいなのか、それとも地肌が案外白いせいなのか、祐の性器はきれいなピンク色だ。対して根元にある繁みは漆黒(しっこく)である。その淫(みだ)らなコントラストは、何度見ても官能的で食らいつきたくなる。

我知らず凝視(ぎょうし)していると、祐は無造作にズボンと下着を脱ぎ捨てた。そして躊躇(ためら)うことなく央太の腰に跨る。

「ちょっと、ちょっと待って、まだ拡(ひろ)げてないだろ」

「さっき、風呂場で準備したから平気や」

「準備って、マジで?」

「マジで。ジェルも入れて慣らしといた」

あっさり答えた祐は膝で立ち、央太の性器に手を添えた。己の尻の谷間に慎重に先端をあてがい、ゆっくり腰を落とす。

先端を苦労して飲み込んだ祐のそこは、じわじわと、しかし確実に央太の性器を受け入れてゆく。自分で慣らしたというのは本当のようだ。

「ん、あ、ぁあっ……」

きつく目を閉じた祐が掠(かす)れた声をあげる。

央太は歯を食いしばった。ゴムをつけていてもはっきりと感じられる内壁の熱と、拡げても尚きつい締まりに、強烈な快感を覚える。少しでも油断すると達してしまいそうだ。

しかし目は閉じなかった。閉じられなかった。

悩ましく寄せられた眉や震える睫、熱い吐息と甘い嬌声が漏れる唇、激しく上下する胸の上で硬く尖った乳首、桃色に染まった肌、その肌よりも更に濃い桃色に熟した性器。目の前にあるそれらに視線が釘付(くぎづ)けになる。

やがて祐は央太の全てを身の内に収めた。は、は、と荒い息を吐きながらこちらを見下ろしてくる。

「全部、入った……」

「うん……」

「気持ち、ええか？」

「ああ、最高……」

掠れた声で答えると、祐は満足げに目を細めた。

「まだ、これからやから……」

言うなり、ひきしまった腰を淫らにくねらせる。

熱く蕩けた内壁で性器を愛撫され、央太は低くうめいた。あまりの気持ちよさに、腰が溶けてしまうような錯覚に陥る。

「あ、ぁん、町っ……」

祐もひどく感じているらしい。腰を揺する度、同じように揺れる性器から欲の蜜があふれた。央太の腹に滴り落ちたそれは、間接照明に照らされて金色に光って見える。

祐の動きが激しくなるにつれて、桃色の性器も奔放に弾んだ。

祐を貫いて喘がせているのは、確かに央太だ。

しかし一方で、祐に抱かれているような気分になる。

こんなセックス、祐としかできない。

感じるところに央太の性器を自ら擦りつけた祐は、背中を弓なりにそらした。

「は、あぁ、いい、気持ちい……」

だめだ、やばい。エロすぎる。

腰に溜まった熱が今にも爆発しそうで、央太は思わず祐の腰を両手でつかんだ。自由に動けなくなった祐がむずかるような声をあげたのにかまわず、後ろに手をまわして小ぶりの尻を鷲掴みにする。そして間を置かずに思い切り突き上げた。

あまりに強烈な刺激だったからか、声にならない声をあげてのけ反った祐を、そのまま下から幾度も強く突く。

「祐、祐っ……！」

「あ、まっ、はげしっ、あっ、あか……！」

一度も触っていないのに、祐は絶頂を迎えた。刹那、内壁がきつく締まる。

危うく達しそうになるのを必死で堪えて、央太は休まずに祐を突き上げた。

白濁を吐き出す間も連続して突かれ、祐は髪を振り乱して身悶える。

「やっ、やぁ……！　アホ、やめ……！」

淫らに蠕動する内部に耐えかねた央太は、一際強く腰を入れた次の瞬間、とうとう達した。

つながった場所に生じた痺れるような快感が、体の隅々にまで行き渡る。あまりに強い刺激に目眩すら感じる。

中を潤すことはなくても、央太の絶頂の感触は充分伝わったらしく、祐は官能的な声をあげた。央太の腹に両手をつき、小刻みに全身を震わせる。

内部が卑猥に波打ち、央太を物欲しげに愛撫した。まだ足りない、と訴えられているかのようだ。

僕も、まだ足りない。

早くも次の絶頂の予感がして、央太は熱い息を吐いた。己のものを谷間に飲み込んだままの尻を揉みしだく。

「あっ、あは、あかん、それ、あぁ」

艶めいた声をこぼした祐は、快感に耐え切れなくなったらしく、央太の上に倒れ込んできた。

その拍子に、ずるりと性器が全て抜けてしまう。

祐はまた嬌声をあげて震えた。無意識なのか、それとも意識しているのか、央太の肩口にしがみついて腰をくねらせる。

「町、町……」

「うん、何……？」

「もっと……、もっとしたい……」

「うん、僕もしたい」

ひどく獰猛な声が出たのを自覚しつつ、央太は体を反転させて祐をベッドに組み敷いた。

あ、と声をあげた唇をすかさず塞ぐ。開きっぱなしだった口の中に舌を差し入れると、祐の舌がからみついてきた。たっぷりと濡れた舌を幾度も擦り合わせ、彼の口腔を夢中で愛撫する。

次から次へと唾液を生んで淫らな音をたてるそこは、つい先ほどまで央太をかわいがってくれていた場所と同じくらい熱い。

もう一度、否、何度でもあの場所を味わいたい。

強い欲求に従って唇を離した央太は、祐の両脚を持ち上げて、やや乱暴に開かせた。

露わになった谷間は扇情的(せんじょうてき)な色に染まり、物欲しげに蠢(うごめ)いていた。臆病な生き物のように収縮したかと思うと、たちまち綻(ほころ)んで恥ずかしそうに口を開ける。

どうしようもなく劣情を煽る光景を我知らず凝視すると、町、と掠れた声で呼ばれた。ハッと顔をあげる。

祐がじっとこちらを見つめていた。真っ黒い瞳には激しい情欲と熱、羞恥(しゅうち)、そして愛しさが等分に映っている。

「早(は)よ、入れてくれ……」

どちらの物とも知れない唾液で濡れた唇がねだる。

カアッと全身が燃えるように熱くなった。こめかみが沸騰する。

新しいゴムを使う余裕もなく、央太は剝(む)き出しの性器で祐を一気に貫いた。

「あぁ……！」

衝撃が強かったのだろう、のけ反った祐はひくひくと震える。

全てを包み込んだ上に、吸いつくような愛撫をしてくる内部に促され、央太は間を置かずに動き出した。

「祐、祐、気持ち、いいか?」

「ん、ぅん、あっ、あっ」

感じたままの声をあげた祐の腰が、央太の律動に合わせて忙しなく揺れた。合わせて揺れる彼の性器も再び力を取り戻し、新たな蜜を自らの腹に滴らせている。

凄く感じてくれてる。

情欲とはまた異なる熱が胸に湧き上がってきて、央太は祐を穿ちながら上体を倒した。角度が変わったせいだろう、あぁ、と苦しげな声をあげた唇を塞ぐ。

そうして恋人の口内を思う存分貪りつつ、激しく揺さぶった。

「んう、んんっ……!」

性器に軽く触れただけで、祐は極まった。わずかに遅れて央太も達する。

もはや痛みと紙一重の強い快感に、央太はうめいた。

「はあ、は、あぁ……」

体の奥をたっぷりと潤されたのがわかったのだろう、祐は苦しげでありながら恍惚とした声を漏らす。やがてぐったりと力を抜き、快楽に染まった瞳でこちらをにらんだ。

「中に、出したな……」

「ごめん……。我慢できなくて……」

素直に謝ると、祐は小さく笑った。

「まあ、ええけど……。めっちゃ、よかったし……」

「ほんと……?」

「ああ……。次は、風呂場でやろ……。まともに歩けそうにないから、連れてってくれ……」

あ、もっとしていいんだ。

そう思ったのが顔に出たのか、軽く頭を叩かれた。

「二回で、終わるわけないやろ……。俺は、まだ足らん……」

「僕も、僕も足りない」

情欲と愛情と、なんだかよくわからない熱い激情が同時に込み上げてきて、町は祐の唇にかぶりついた。


ベッドの背に敷きつめたクッションに上体を預けて大きな欠伸をした祐に、央太はペットボトルの水を手渡した。

「はい、どうぞ」

「おお、ありがとう」

素直に礼を言って受け取った祐は、一気に半分ほどを飲み干す。

満足そうなため息を落とした彼の横に、央太も脚を投げ出して座った。

バスルームでも二回した後、体を洗ってようやくひと心地ついたところである。

頭の天から足指の先まで満たされているのを感じて、央太もため息を落とした。体だけではなく心も満たされている。いつのまにかもやもやも消えていた。

祐とのセックスはいつも凄くいいけど、今日はまためちゃくちゃよかったからかも……。

かつてない充足感に浸っていると、ふいに祐が噴き出した。く、く、と肩を震わせて笑う。

「ちょっと。今度は何？」

「や、悪い。やる前のおまえを思い出して……。あの町央太が、捨てられた濡れ雑巾みたいになるて……」

「捨てられた濡れ雑巾で悪かったな。言っとくけど、あんなにぐずぐずになったの生まれて初めてだから」

恥ずかしさ半分、腹立ち半分で言うと、祐はようやく笑うのをやめた。しかし頬は緩んだままだ。

「笑てごめん。けど、嬉しかった」

「なんで」

「おまえがぐずぐずになるほど、俺を好きやてわかったから」

「なんだよ、信じてなかったのか？」

「信じてたけど、想定外の反応やったからな」

うんと一人頷いた祐は、おもむろに体を寄せてきた。横から両手と両脚で央太の体をホールドし、胸の辺りに頭を預ける。シャンプーとボディソープ、そして祐の匂いが混じった香りが鼻腔(びこう)をくすぐった。央太がじっとしているのをいいことに、祐はもぞもぞと動く。居心地が良い体勢を探しているらしい。

くっついて眠ったことは何度もあるが、こんな風に抱きつかれたことは一度もない。

何これ。カワイイ。凄く好き。

ほどなくしてちょうどいい体勢を見つけたらしく、祐は動くのをやめた。

「俺もおまえのこと、けっこうぐずぐずになるくらい好きやで」

「ほんと?」

「ほんまや。さっきまでぐずぐずやったやろ」

「あれはセックスだからだろ」

「セックスであそこまでぐずぐずになるんは、おまえが初めてや」

「嬉しいけど、セックスだけが好きなのか?　他は?」

祐の髪を優しく撫でながら尋ねると、くく、と小さく笑う。

「全部や、全部。ぜーんぶ好き」

「なんか真実味がないなあ……」

「ほんまやで。俺を信じろ」

祐は存外真面目な口調で言った。じんと胸が熱くなる。

本気で信じろって言ってる。

「わかった、信じる」

央太も真摯に答えると、ん、と祐は満足げに頷いた。そして抱きついた体勢のまま、健やかな寝息をたて始める。

央太は祐の額にありったけの愛を込めてキスをした。

カッコよくてカワイイ祐。大好きだ。

あとがき
AFTERWORD
―久我有加―

本書はわたくし久我の、芸人シリーズです。が、シリーズを読んでいなくてもわかる独立した内容となっていますので、未読の方もご安心ください。

漫才系の話を書かせていただくのは久しぶりです。記憶が曖昧になっている部分もあり、改めて自分用のシリーズ年表や名簿を見直しました。中にはすっかり忘れていた登場人物もいて、おお、そういえばこういう人もいたな！　と思い出したり。同窓会に参加しているような気分を味わえて楽しかったです。

ちなみに本作の受と攻は漫才師ではありません。二人とも一応ピン芸人ではあるものの、舞台には立っておらず、タレントに近い存在です。漫才やコントをしない芸人さんたちの心の内を想像しつつ執筆しました。

モエ的な話になりますが、本書の受は芸人シリーズでは久々のオトコマエ受です。いやー、やっぱりオトコマエ受はいいですな！　大好きです。

そして、仕事ができるカッコイイ人だったはずなのに、話が進むにつれて徐々にヘタレていく攻……。いかん、このままではヘタレ攻になってしまう。できるだけヘタレないように、ヘタレないように、と気を付けて書いた結果、最終的にカワイイ攻になった気がします。個人的にはカワイイ攻も好きなので、それもまたよしです。

同じモエを持つ方にも、モエが異なる方にも、楽しんでいただけたら幸いです。

最後になりましたが、本書に携わってくださった全ての皆様に感謝申し上げます。

編集部の皆様、ありがとうございました。特に担当様にはたいへんお世話になりました。

素敵なイラストを描いてくださった、七瀬先生。お忙しい中、挿絵を引き受けてくださり、ありがとうございました。祐をカッコかわいく、町を爽やかな男前に描いていただけて、とても嬉しかったです。二人ともイメージそのままで至福でした。

支えてくれた家族。いつもありがとう。

この本を手にとってくださった皆様。貴重なお時間を割いて読んでくださり、ありがとうございました。もしよろしければ、ひとことだけでもご感想をちょうだいできると嬉しいです。

それでは皆様、お元気で。

二〇一九年十二月　久我有加

この本を読んでのご意見、ご感想などをお寄せください。
久我有加先生・七瀬先生へのはげましのおたよりもお待ちしております。

〒113-0024　東京都文京区西片2-19-18　新書館
[編集部へのご意見・ご感想] ディアプラス編集部「愛だ恋だと騒ぐなよ」係
[先生方へのおたより] ディアプラス編集部気付　○○先生

- 初出 -
愛だ恋だと騒ぐなよ：小説ディアプラス2019年フユ号（Vol.72）
愛しているし恋してる：書き下ろし

[あいだこいだとさわぐなよ]
愛だ恋だと騒ぐなよ

著者：**久我有加** くが・ありか

初版発行：2020年1月25日

発行所：株式会社 新書館
[編集] 〒113-0024
東京都文京区西片2-19-18　電話（03）3811-2631
[営業] 〒174-0043
東京都板橋区坂下1-22-14　電話（03）5970-3840
[URL] https://www.shinshokan.co.jp/

印刷・製本：株式会社光邦

ISBN978-4-403-52499-8

W I N G S ・ N O V E L

椅子職人ヴィクトール&杏の怪奇録⑤

猫町と三日月と恋愛蒐集家

糸森 環

Tamaki ITOMORI

新書館ウィングス文庫

S H I N S H O K A N

D+

dear+ novel

Aida koidato sawagunayo